〈타이완 일주기 2: 헝춘, 컨딩, 타이동, 화롄, 지룽, 타이베이〉

자연이 만든 보물 2

송근원

〈타이완 일주기 2: 헝춘, 컨딩, 타이동, 화롄, 지룽, 타이베이〉

자연이 만든 보물 2

발 행 | 2020년 6월 18일
저 자 | 송근원
펴낸이 | 한건희
펴낸곳 | 주식회사 부크크
출판사등록 | 2014.07.15.(제2014-16호)
주 소 | 서울특별시 금천구 가산디지털1로 119 SK트윈타워 A동 305호
전 화 | 1670-8316
이메일 | info@bookk.co.kr

ISBN | 979-11-372-0964-0
www.bookk.co.kr

머리말

이 책은 2018년 4월 25일부터 5월 16일까지 20일간 타이완을 일주한 여행 기록이다.

이 여행은 일단 타이베이에서 왼쪽 해안을 따라 타이중, 타이난, 가오슝, 헝춘, 컨딩까지 남쪽으로 내려간 다음, 팡랴오에서 타이동으로 가 다시 북상하여 화롄, 자오시, 지룽을 거쳐 타이베이로 돌아오는 코스였는데, 이 책에서는 타이베이에서 시작하여 아리산, 타이중, 타이난, 가오슝 등 대만 서해안을 여행한 것을 기록해 놓은 1권에 이어 그 다음 여정, 곧, 헝춘, 컨딩, 팡랴오, 타이동, 화롄, 자요시, 지룽 등 타이완 동해안을 여행한 기록이다.

타이완을 일주하는 동안에 기억에 남는 것들은 물론 모두 이 책에 기록하였지만, 그 가운데에서도 타이중에서 간 일월담의 아름다운 모습과 아리산의 해돋이, 그리고 가오슝에서 간 불광산 불타기념관과 월세계, 타이동의 소야류, 화렌의 태로각, 지룽의 지우펀과 예류지질공원 그리고 상비암 등이 특히 기억에 남는다.

물론 팡랴오에서 기차를 타고 타이동으로 이동하던 순간도 아직 생생하다.

시간이 많으신 분들은 넉넉히 시간을 잡아 이들을 모두 구경할 수 있을 것이나, 그렇지 못한 분들이 대부분일 것이다.

보통 3박 4일이나 4박 5일 여정의 태만 패키지여행에서는 타이베이의 고궁박물관, 예류지질공원, 지우펀, 그리고 화렌의 태로각 등을 포함하고 있는데, 사실 이들이 타이완 여행의 진수들이다.

어떤 것들은 여기에 이틀 정도를 추가하여 일월담과 아리산 등을 포함하는 것도 있다.

따라서 이런 패키지 여행도 괜찮다고 본다.

무엇보다도 돈과 시간을 아낄 수 있고, 볼거리 중 엑기스만 뽑아 보여주니 잠간 머리를 식히고 휴식을 하면서 즐길 수 있는 것이 이들 패키지 여행이라는 생각 때문이다.

그러나 타이완 사람들의 일상과 이들의 정신세계를 들여다보려면 이러한 패키지여행은 수박 겉핥기에 불과하다.

좀 더 타이완을 알려면, 타이완의 대도시뿐만 아니라 소도시 이곳저곳에 산재해 있는 무수한 묘(廟)와 궁(宮)들, 그리고 여기에서 치성을 드리는 사람들의 살아가는 모습을 보아야 한다.

타이완에는 특히 민간신앙이 발달되어 있다.

타이완 사람들이 모시는 신들도 많은데, 이러한 신들이 옥황상제 등 그냥 상상의 신들만 있는 것이 아니다.

실제로 옛날에 존재했던 인물들, 그것도 공자나 관우나 악비 같이 꼭 지위가 높은 인물들만이 아니라, 지위가 없거나 어딘가에 한이 맺힌 사람들도 모두 신으로 추앙되어 사람들의 원을 풀어주는 역할을 한다.

예컨대, 백정 출신이 현천상제가 된다든지, 과거에 떨어져 한이 맺힌 쿠이싱이 시험을 주관하는 신이 되고, 애기 낳다 죽은 첸징구가 순천성모라는 산모를 보호하는 신이 되고, 바다에 빠져 죽은 마조가 항해를 수호하는 천상성모라는 신이 되어 사람들의 숭앙을 받고 있다.

그만큼 이들 신들에 대한 이야깃거리도 많다. 그리고 누구나 성공하지 못하고 죽어도 이런 훌륭한 신들이 될 수 있다는 희망을 준다.

이런 이야깃거리 이외에도, 신기한 자연 경치 또한 타이완 여행에서 빼놓을 수 없는 것들이다.

앞에서 말한 예류지질공원의 신기한 돌들이 예류에만 있는 것이 아니다. 타이동의 소야류나, 지룽의 화평도 공원, 망유곡, 그리고 펀쟈오공원의 추장암과 상비암에서도 이러한 신기한 돌들을 볼 수 있다.

또한 가오슝에서 본 월세계 역시 신기한 풍경을 보여준다.

그러나 이러한 자연 환경 외에도, 인공적인 건축물로서는 불광산의 불타기념관을 들 수 있겠다. 그 규모와 그것을 이루어낸 신심, 그리고 그 안에 가직하고 있는 보물들은 인간의 힘이 얼마나 위대한 것인지를 보여준다.

이러한 볼거리말고도 타이완은 야시장이 발달되어 있어 먹을거리가 다양하다. 이들 먹을 거리들은 대부분 우리들 입맛에 크게 어긋나지 않는다. 굳이 맛집을 찾지 않더라도, 야시장에서 다양한 먹을거리들을 맛보고 영양 보충을 할 수 있을 것이다.

이 이외에도, 타이완 여행에서는 현금이 많이 쓰인다는 것, 이지카드를 쓰면 이지하다는 것, 오토바이가 인도를 가로막아 인도로 통행하기가 쉽지 않다는 것, 기차와 버스가 발달되어 있고, 이것들이 서민들 중심으로 짜여 있다는 것, 손문이나 장개석, 정성공 등의 인물이 국민들의 존중을 받고 있다는 것, 그리고 총소리와 전투기 소리 등이 아직도 남아 있어 중국 본토의 침략에 대비한 훈련이 거의 매일 이루어지고 있으며 타이완 사람들의 안보 의식을 고양하고 있다는 것 등등의 생생한 정보를 이 책은 보여준다.

읽는 분들께선 이 두 권의 책을 통해 타이완 여행에 관한 정보를 얻고 그것이 타이완 여행에 조금이나마 도움이 되었으면 좋겠다.

타이완에 갈 시간이나 기회가 없는 분들도 이 두 권의 책을 통해 간접적으로나마 타이완 여행을 즐겨 주시면 고맙겠다.

2019년 2월 쓴 것을 2020년 6월 부크크에서 출간하다

송원

차례

헝춘/컨딩/팡랴오(2018.5.7.-5.8)

대만 동해안

소야류

태로각

지룽/지우펀/야류/상비암 (2018.5.13-5.14)

야류: 기암

타이베이(2018.5.15-5.16)

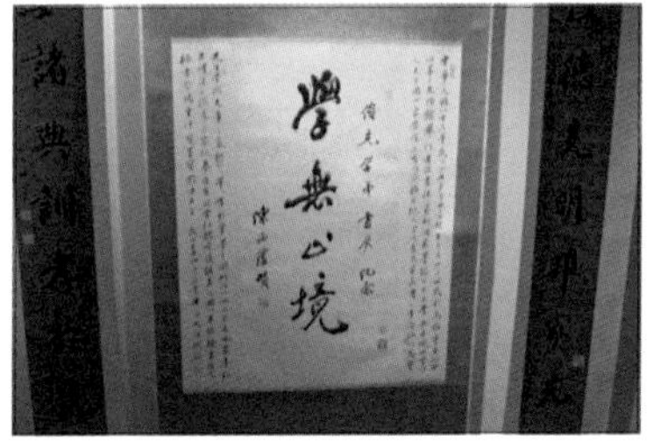

학무지경

26. 세월은 기다려 주지 않는다.

2018년 5월 7일(월)

아침에 일찍 일어나 가오숑 역으로 간다.

가오슝 역 앞 버스 터미널에서 헝춘(恆春 항춘) 가는 버스표를 끊는다.

10시에 가오숑 역 앞 버스터미널에서 이 선생 부부를 만나기로 했으나 초롱이가 입이 헐고 피곤하여 오늘은 가오숑에서 머무르겠다 한다.

헝춘진(恒春鎮 항춘진) 가는 버스를 탄다.

10시 35분이라더니 40분에 와서는 42분이 되어 출발한다.

완전 시골 버스다.

팡랴오(枋寮 방료)를 지난다.

이 역에서 타이동(臺東) 가는 기차가 있다.

팡랴오 항을 지나니 팡산(枋山 방산) 항이다.

여기부터는 구불구불한 길이 바다를 끼고 달리는데 가는 길의 바다가 너무나 황홀하다.

가슴이 확 트인다.

우리나라의 동해안만은 못하지만, 지저분한 동네를 지나니, 시원함을 느끼는 거다.

12시 45분 항춘에 도착한다.

항춘 어디에 내려야할지 몰라 구글 지도를 보니 남문에서 10분 거리이다.

항춘은 1,800년 된 옛 도시란다.

헝춘 / 컨딩 / 팡랴오

동서남북으로 문이 있고 일부 성벽이 남아 있다.

호텔을 찾아 들어가니 이 호텔 역시 평이 좋은 만큼 좋다. 깨끗하고 방도 넓고 마음에 든다.

호텔 매니저로부터 지도를 얻고 식당을 물어본다.

그리곤 밥을 먹으러 간다.

마땅한 데가 없다.

그냥 에어컨 나오는 식당에 들어가 눈치껏 음식을 시킨다.

그리고는 호텔에 들어와 네 시까지 쉰다. 눈이 스르르 감긴다.

저 밑 땅 끝의 올롼비(鵝鑾鼻 아난비) 등대와 동쪽 해안의 롱판 공원(龍磐公園 용반공원), 펑추이사(風吹沙 풍취사)의 경치를 보려면 택시를 이용할 수밖에 없다.

컨딩

26. 세월은 기다려주지 않는다.

춘판락

매니저에게 택시비가 얼마나 드는지 알아보고 3시간에 13,000원으로 흥정까지 했으나 주내는 버스 타고 돌자 하여 취소한다.

결국 네 시에 나와 네 시 반쯤 버스를 타긴 했는데. 올롼비와 컨딩(墾丁 간정)의 중간 지점인 소만(小灣)이 종점이란다.

일단 컨딩 지나 소만까지 간다.

올롼비를 가려면 여기서 다시 버스를 타야 한단다.

버스 시간표도 잘 모르겠고, 또 다시 돌아가는 버스 편도 잘 알지 못하고…….

그런데 땅끝을 지나 동쪽 해안으로 가는 버스는 없고, 서쪽 해안도 올롼비까지 버스가 있기는 한데 버스 시간이 맞지 않는다.

결국 우버 택시를 세 시간에 800元(약 32,000원) 주기로 하고 탄 후 일단 남쪽으로 춘판락(船帆石 선범석), 우리말로 돛대바위로 가 사진

롱판공원

펑추이사

26. 세월은 기다려주지 않는다.

에 담는다.

훗날 여기 오시는 분들을 위해 감상을 말씀드리면, 돛대바위라고 해야 별 거 없다.

올롼비를 지나 롱판 공원으로 간다.

사진을 찍는다.

단단한 게 쇳덩이 같은 바위들이 움푹움푹 패여 굴곡이 진 채 형해만 남겨 놓은 경치이다.

이름만 그럴듯하지 역시 별 거 없다.

그 다음 펑추이사로 간다.

비슷한 경치이다. 역시 별로다.

그 다음 올롼비 등대로 간다. 시간은 6시가 넘었다.

올롼비 등대

헝춘 / 컨딩 / 팡랴오

등대는 6시 반이 넘으면 공짜로 들어갈 수 있다고 한다(참고하시라!).

그러나 아직 6시 반이 안 되었으니 멀리서 등대만 찍고 저녁노을을 찍기 위해 바삐 바이샤완(白沙灣) 백사만으로 가자고 한다. CNN 선정 노을 아름다운 곳으로 선정된 곳이다.

해는 자꾸 서산으로 넘어가는데, 해넘이 사진을 찍어야하는데…….

바이샤완의 노을이 아주 멋지다는데, 해는 그만 꼴까닥 넘어간다.

세월은 기다려 주지 않는다.

아쉽지만 포기한다.

빨리 포기할 줄 아는 것도 현명한 것이다. 이제 컴컴해지니 관광이라고 해야 할 수도 없다.

차를 세 시간이나 빌렸지만, 결국 두 시간도 제대로 못쓴 것이다.

헝춘: 남문

26. 세월은 기다려주지 않는다.

그렇지만 찻값을 깎을 수는 없지 않은가.

아깝다, 800元!

항춘으로 돌아와 한국음식점으로 간다.

〈셀프의 집〉이라고 한글 간판이 붙어 있는 검은 색 건물인데, 주인은 이곳에 30년 전에 왔다고 한다. 스쿠버 다이빙에 반해서.

어쩐지 이 음식점과 붙어 있는 옆집에 다이빙이라고 간판이 붙어 있더구만…….

김치찌개와 돌솥비빔밥을 시켜 먹고 돌아온다.

27. 갑자기 겸손해진다.

2018년 5월 8일(화)

아침 산책을 나선다.

아침 산책 역시 어차피 더우니 샤워하기 전에 땀을 흘리는 게 낫다 싶어서이다.

물론 아침이라 대낮처럼 덥진 않다. 그렇지만 햇볕은 따갑다.

그런데 햇빛이 비치는데 비가 흩뿌린다. 호랑이 장가가나?

바람이 부니 시원하다.

가다보니 시장 골목인데, 조금 가니 요란한 절이 보인다.

복덕궁(福德宮)이라는 절인데 들어가 보니, 그 옆으로 천후궁(天后宮)

형춘: 복덕궁

헝춘: 원숭이 공원

이라는 절로 연결된다.

그리고 그 옆으로 이상한 바위들이 모여 있는 동산이 있다. 후동산 공원(猴洞山公園)이다. 쉽게 말해서 원숭이 공원이다.

그러나 원숭이는 한 마리도 안 보인다.

왜 그럴까?

이곳 헝춘엔 원숭이들이 많이 살았다 한다. 1800년 전부터 사람들이 들어와 살면서 원숭이들은 저쪽 산위로 쫓겨났다 한다.

사람들이 원숭이 마을을 빼앗은 셈이다.

그러니 원숭이가 안 보이지!

이 공원엔 몇 개의 비석이 세워져 있고, 구멍이 나거나 켜켜이 홈이 파진 단단한 검은 바위들이 동산을 이루고 있고, 그 사이로 난 길이 있다. 기암괴석들로 이루어진 공원인 셈이다.

갑자기 비가 세차게 뿌린다. 나무 밑에서 비를 피한다.

금방 비가 잠잠해진다. 밑으로 내려오니 삼산국왕묘가 있고 바로 저 앞으로는 헝춘진 서문이 보인다.

성벽 사진을 찍는다.

그 위로는 올라가지 말라는 표지판이 붙어 있다.

성벽을 따라 산책로가 잘 되어 있다. 성벽을 따라 북문 쪽으로 걷는다.

북문이다.

북문에서는 성벽 위로 올라가는 경사진 보도가 있는데, 그 앞에는 "성벽 위에서 폴짝 뛰든가, 춤을 추든가, 소리를 지르든가 하는 방정을

헝춘: 북문 성벽 위

27. 갑자기 겸손해진다.

떨지 마라, 떨어져도 책임 안 진다. 그러니 조심하라."고만 적혀 있다.

아니 오를 수 있는가!

성벽 위로 오른다. 이왕이면 동문까지 성벽 위로 걷는 게 좋을 듯하다는 생각이 든다. 큰길가로 가봐야 먼지만 나니 여기가 공기도 좋고 전망도 좋지 않은가!

이런 경우 우린 지체 없이 실행하는 결단력이 있다.

북문에서 동문까지 성벽 위에서 걷는다.

동문에 이르렀는데……, 우와 읎다! 내려가는 길이.

높인 삼사 미터 정도라서 옛날 같으면 가볍게 폴삭 뛰어내렸을 텐데…….

자중한다. 갑자기 겸손해진다. 나이가 들면 겸손해질 수밖에 없다.

할 수 없다. 되돌아서 다시 북문까지 가야 한다.

에이, 자슥들!

내려가는 길이 없으면 없다고 하든가, 서문에서처럼 올라가지 말라고 하든가 해야지, 왜 올라가도 된다고 해 놓고는 내려가는 길은 만들지 않았는가 말이다.

도대체 야들 정신구조를 알 수가 없다.

비가 뿌린다. 천둥소리가 들리는데, 마치 불꽃놀이할 때 들리는 소리 같다.

여긴 천둥을 이렇게 치나?

그러면 그렇지!

미국 애들 몇 명을 데리고 성벽에 올라와 해설하는 가이드의 말을 엿듣다보니 천둥소리가 아니라 총소리란다. 사격 연습하는 소리라고 한

헝춘: 남문

다. 언제 중국이 쳐들어올지 모른다며, 열심히 사격연습을 행한다고 강조한다.

다시 비가 쏟아진다.

빗속을 뚫고 호텔로 가는 길은 시원하긴 하다.

그럼 비를 많이 맞았냐고?

아니지. 내가 그렇게 미련한가? 비가 세차게 올 때는 처마 밑에서 쉬었지. 비를 감상하며.

호텔로 돌아와 씻고 10시 반쯤 나와서는 가오슝 가는 버스를 탄다.

팡랴오역까지 가는 길은 역시 바다를 끼고 있어 좋다.

27. 갑자기 겸손해진다.

28. 우연히 조우하는 재미있는 장면들

2018년 5월 8일(화)

팡랴오 역에는 1시간쯤 걸려 도착했다.

시간표를 보니 완행(준급행)은 1시 36분에 있다.

관광열차가 12시38분에 있는데 이 기차는 돈 주고 표를 끊어야 한다.

약 두 시간 동안 남으니, 점심 식사를 하고 거리를 둘러보기로 했다.

세븐-일레븐에서 라면 두 개와 김밥, 그리고 물을 사서 먹는다.

그래도 출발까지는 한 시간 남짓 남았다.

슬슬 걷는다.

팡랴오 어항

헝춘 / 컨딩 / 팡랴오

팡랴오: 덕흥궁

역 앞으로 난 길 끝은 바다다.

바다 왼쪽은 어항이다.

다시 돌아 나오다 보니 저쪽에 크고 웅장한 그리고 요란한 집이 있다.

덕흥궁(德興宮)이라는 큰 절이다.

절 구경이나 하고 가자 싶어 그쪽으로 발길을 돌린다.

이 절에선 무슨 행사를 하는지 시끌벅적하다.

플랭카드를 보니, 성모 탄신 축제라 씌어 있다.

오늘이 어머니날인데, 혹시 성모께서 오늘 탄생하셨기에 어머니날로 정했나?

그게 아니라, 천상성모(天上聖母)라 부르는 바다의 신인 마조((媽祖)의

탄신일인 음력 3월 23일이 우연히 어머니날과 겹친 것일 뿐이다.

마조를 기리는 축제는 탄신일인 음력 3월 23일과 승천일인 음력 9월 9일에 가장 성대하게 행해진다.

이 축제에서는 중국의 전통춤인 용춤(龍舞), 사자춤(獅舞) 등을 추고, 바이종지아(擺椶轎 파종교: 종려나무를 배열해놓은 가마) 및 샤우다오지아(耍刀轎 사도교: 칼을 가지고 노는 가마)와 같은 가마 행렬이 이루어진다.

전통 축제에서는 어부와 농부, 지역민들이 밤이 되면 '마조 등'을 들고 행진하며 여자들은 머를 배 모양으로 틀어 올리고, 푸른 색 저고리와 붉은 색 바지를 입는다.

이날은 애기가 없는 기혼여성들은 애를 갖게 해달라고 빌며 꽃을 바치고, 어부들이 출항하지 않고 축제에 참여한다.

팡랴오: 성모탄신축제

성모탄신축제: 가마 행렬

이 이외에도 상선(商船)을 보호하고, 사절단을 축복하고, 외적을 물리치고, 널리 퍼진 역병을 뿌리 뽑아달라고 기도한다.

축제가 한창이다.

남자들은 위에 노랑 옷이나 푸른 옷을 입고, 여자들은 위에 녹색 옷과 붉은 바지를 입고서는 꽃을 들거나, 가마를 몰거나 하면서 몰려와 웅성거린다.

곧 행진을 할 듯하다.

이 절은 성모를 모시는 절인 모양이다. 절 지붕 위 용마루엔 선녀 셋을 조각한 동상이 붙어 있다.

이 절 뒤엔 삼사층 높이의 궁전 같은 건물이 있는데, 여긴 진짜 절이다. 관음보살을 모셔 놓은 절이다.

28. 우연히 조우하는 재미있는 장면들

좋은 구경했다.

아니 운이 좋았던 것이다. 오늘이 마조의 탄신일이라니!

이것이 여행이다. 우연히 조우하는 재미있는 장면들, 그리고 사건들! 우리에겐 익숙하지 않은 광경을 전혀 기대 없이 만나는 것이 여행의 묘미 아닐까?

아마도 내가 전생에 착한 일을 엄청 많이 한 모양이다. 이런 좋은 축제 광경을 보게 되는 것을 보면.

여행할 때 무슨 축제가 어디에서 언제 열리는가를 미리 알아본 후, 준비하고 계획하여 여행을 하면서 우리에게 익숙하지 않은 문화를 만나는 것도 좋은 일이다.

민간신앙

그렇지만 나처럼 아무 것도 모르고, 전혀 준비가 안 되어 있는 상태에서 이런 축제행렬을 구경하는 것은 더 좋은 일이다.

그렇지만 전생에 덕을 쌓지 않으신 분들이나 그렇다고 생각하시는 분들은 음력 3월 23일을 꼭

민간신앙

기억하시고, 이때에 맞추어 대만에 오셔서 성모탄신축제를 보시라!

아마도 팡랴오 말고도 다른 곳에서도 성모탄신축제가 열릴 것이다. 어쩌면 더 성대히 열릴지도 모른다.

다시 세븐-일레븐으로 간다.

가는 도중 보이는 가게에도 꽃과 과일을 바치는 제단이 여기저기 보인다.

땀을 시키기 위해 에어컨 밑에서 주스를 사서 마신다.

그리곤 타이동에서 머물 아이유 홈스테이(Ai Yue Homestay)라는 곳에 민박을 예약한다. 물론 평이 아주 좋은 곳이다.

28. 우연히 조우하는 재미있는 장면들

29. 가능하면 완행열차를 타라!

2018년 5월 8일(화)

이제 역으로 간다.

1시 36분 팡랴오를 출발하는 기차를 탄다.

우리 칸엔 우리 말고 한 커플밖에 없다. 전세 낸 기차 같다.

왼쪽은 산, 오른쪽은 바다! 너무 경치가 좋다.

기차가 너무 빨라 야속하다. 좀 천천히 갔으면 좋겠는디…….

그리곤 터널로 들어간다.

그런데, 터널도 길어라!

1시 55분쯤 터널로 들어갔는데, 나오는 시간을 체크하려 하니 기다

팡랴오에서 타이동 가는 기차: 굴

리기가 지루하다. 이제나 나가려나, 저제나 나가려나 기다리고 기다리나 계속 컴컴하다.

결국 1시 59분에 나왔다.

그리곤 또 들어간다. 그리고 또 굴속에서 나오는데, 이번엔 5분 걸렸다.

그리고 또 들어간다. 계속 굴의 연속이다. 가끔 굴 밖으로 나오면 왼쪽으로 깎아지른 산이 잠시 보일 뿐이다.

와 길다. 정말 오래 간다.

아니, 이 굴이 그냥 타이동까지 이어진 거 아냐?

어, 그런데 갑자기 오른쪽으로 바다가 다시 펼쳐진다.

와~, 장관이다.

타이완 동해바다: 태평양

29. 가능하면 완행열차를 타라!

지벤-타이동 가는 길의 산

구글 지도를 보니 이건 동해바다다. 벌써 산을 뚫고 동쪽 해안으로 달리는 거다.

그러니 이 바다는 태평양인 것이다.

너무 바다가 시원하다.

섬이 없으니 사진을 찍어 놓으면 밋밋하겠지만, 달리는 차 속에서 보는 바다는 가히 환상적이다.

이 장면만은 잊을 수 없다.

역시 툭 티어 있어 시원한 바다는 달리는 차속에서 비디오처럼 보아야 제 맛이다.

물론 우리나라 동해안이 경치로 보면 훨씬 더 훌륭하다. 그렇지만 캄캄한 굴속에서 나와 태평양을 만나는 것은 또 다른 맛이다.

더 좋으냐, 아니냐의 기준이 다르면 다른 맛을 느끼는 것이다.

무엇이든 상대적인 것이다. 별거 아니라도 그 전 장면이 너무너무 답답하면, 그 다음 툭 티인 장면이 그리 좋은 것이다.

여하튼 이 열차는 한 번 꼭 타보시라 권하고 싶다.

동해안으로 달리는 기차도 때로는 터널로 들어간다.

터널-바다-터널-바다!

그렇지만 경치는 장관이다.

대만 오시는 분들에겐 반드시 완행열차를 타고, 펑랴우에서 타이동(臺東)까지 이동할 것을 강력히 추천한다.

나중에 알고 보니 완행열차는 2시간 반 걸린다는데, 아침 10시 몇 분에 있다고 한다.

지벤-타이동 가는 길의 산

29. 가능하면 완행열차를 타라!

완행을 탔으면 더 좋았을 것을!

우린 타이동까지 안 가고 지벤(知本) 역에서 내린다.

여기서 민박집 부근까지 가는 버스가 있으니까, 버스를 타고 구경하면서 가려는 것이다.

여기 지벤엔 온천이 있다는데, 이곳에 호텔을 잡을 걸 그랬나 싶기도 하다

2시 50분 지벤 역에 도착하여 버스는 3시 5분에 탄다.

버스는 타이동 대학 지벤 분교를 들렀다가 다시 나와 타이동으로 간다.

가는 길에 보이는 산이 구름에 젖어 아름답다.

30. 이건 친절이 아니다.

2018년 5월 8일(화)

버스에서 내려 민박집으로 간다.

주인 여자(미세즈 로우)가 영어가 안 되어 통역 앱으로 말을 주고받는데, 앱이 제대로 통역해주지 못한다.

말이 잘 안 통하니 아무리 친절해도 답답하기만 하다.

계속 동문서답이다.

주인 여자에게 배가 고픈데 어디 좋은 식당이 없느냐고 묻는다.

그러자 주인 여자는 자꾸 철화촌(鐵花村)만을 이야기한다.

철화촌이 뭐하는 곳인데? 혹 식당 이름 아녀?

타이동: 펭글리 다리

나중에 알고 보니, 배고픈 사람에게 관광명소만 자꾸 설명을 해준 것이다. 제 딴에는 친절하답시고!

잉어산공원: 충혼비

이건 친절이 아니다. 정말 아니다. 배고픈 사람을 앞에 놓고 웃으면서 고문을 하는 것이다.

영어를 못 알아들어도 한참 못 알아듣는다.

번역기가 엉터리인 건 물론이다. 중국어의 사성 때문에 번역기가 전혀 제 기능을 못하는 것이다.

손으로 한자를 쓰면서 물어봐야 간신히 소통이 된다.

그나마 옛날에 한자를 열심히 공부했으니 망정이지, 그렇지 않음 꼬박 굶을 뻔했다.

아무튼 배가 고프니 밖으로 나온다.

알려준 대로 펭글리 다리를 건너 닭튀김과 맥주 한 캔을 사 들고 철화촌(鐵花村)을 찾는다.

타이동 / 소야류

타이동 철화촌

길을 물으니 오른쪽으로 가도 되고 왼쪽으로 가도 된다고 한다.

왼쪽은 산이 있는데 구글앱엔 잉어산공원(Liyushan Park 鯉魚山公園)이라 되어 있다.

이왕이면 잉어산공원 쪽으로 가 보자.

걷다보니 오른쪽으로 큰 운동장이 보인다.

타이동 스타디움이다.

왼쪽 산이 분명 공원일 터인데, 지저분한 조그만 내 건너로는 판자집만 늘어서 있다.

대만이 한때는 우리나라보다 잘 살았다는데, 너무나 못산다. 물론 라오스나 미얀마보다는 좀 낫지만.

오른쪽 스타디움 쪽에 혹 앉아서 식사할 곳이 있을까 하여 가 보았

30. 이건 친절이 아니다.

으나, 앉아 있을 곳이 없어 되돌아 나온다.

여기서는 닭튀김을 먹을 수가 없다! 배는 고픈디……

스타디움 옆으로 난 길은 가로수로 심은 야자수가 시원스럽게 뻗어 있다.

왼쪽으로는 녹음 속에 탑이 보인다.

지도를 보니, 원대동신사충혼비(原臺東神社忠魂碑)인 모양이다.

시간이 나면 올라가 보겠으나, 금강산도 식후경이다. 오른쪽으로도 공원인 듯 잔디가 깔려 있고, 저쪽으로는 자그마한 등(燈)들이 많이 달려 있다.

여기에서 먹자. 닭튀김을 맥주를 들이키며 먹는다.

그러고 보니 등에는 벌써 불이 들어왔다.

철화촌: 옛 타이동 역

밤을 밝히는 아기자기한 등에 불이 들어오니 예쁘다.

등불을 구경하며 조금 걷다 보니 옛 타이동 역이다.

철화원은 옛날 타이동 기차역이 있던 곳을 공원으로 꾸며 놓은 곳이다.

지금은 타이동 기차역이 외곽으로 이전되어 있는데, 옛 기차역을 공원으로 만들고 객차 몇 량만이 철도 위에 놓여 있다. 그래서 철화촌이라 이름 붙인 것이다.

그렇지만 꽃은 없다.

나는 철화촌이라 해서 꽃이 많은가 했는데, 순 뻥이다. 중국 사람들의 작명 솜씨는 알아줄 만하다.

공원에서 닭다리, 날개, 맥주를 먹었으나 양이 안 찬다.

타이동 철화촌

30. 이건 친절이 아니다.

철화촌 맞은편은 번화한 시내이다.

시내 쪽으로 나아가니 KFC가 우릴 반가이 맞아준다. 들어가 더 배터지게 먹는다.

민박집으로 돌아오는 길 오른쪽은 국립타이동대학이다.

31. 타이동 근교 관광

2018년 5월 9일(수)

수요일이라서 그러나? 밤부터 계속 비가 온다. 새벽에 창을 여니 구름이 가득한 게 언제 그칠지 모르겠다.

놀러가야 하는디…….

방을 하루 더 연장하고 밖으로 나온다.

우산을 들고 내를 건너 철화촌으로 간다.

여기에서 조그만 버스를 탄다. 타이동 역으로 가는 버스이다.

역에 도착하여 기차 시간을 보니 화렌 가는 완행 기차가 1시 16분에 있다.

타이동 역 앞

타이동-지상으로 가는 길: 내

두 시간 동안 점심을 간단히 김밥으로 때우고 주변을 둘러본다.

이지카드로 기차를 타고 지상(池上)으로 간다.

이런 때 이지카드는 참으로 편리하다.

지상 역으로 가는 도중 보이는 산들은 월세계에서 본 산들에 나무가 자라는 모습이다. 거칠고 조악한 주름진 산에 듬성듬성 나무들이 초록색으로 빛나고 있다.

언젠가는 저 푸른 나무들이 저 산을 정복할 것이다.

지상의 산과 마을

대만의 산은 꽤 높고, 내는 엄청 넓다.

그리고 보기가 좋다. 높은 산이 가파르게 솟아 있고, 구름이 걸려 있고.

지상 역에 내려서 사진을 찍고는 다시 되돌아가는 열차를 탄다.

그리곤 한 정거장 가서 관산(關山)에 내린다.

다음 타이동 가는 차는 3시 43분에 있다.

한 시간쯤 여유가 있다.

관산은 조그마한 도시인데, 깨끗하여 마치 일본의 소도시에 온 듯한 느낌이다.

길거리는 깨끗하고, 길거리도, 노점상도 깨끗하다. 살고픈 도시 중의 하나이다.

31. 타이동 근교 관광.

관산: 개업식

관산의 예배당

튀김을 사서 먹으며 거리를 돌아본다.

마침 축제 행렬인 듯 붉은 옷을 입고 현천상제를 태운 가마를 앞세운 행렬이 보인다.

가마를 따라가 보니 어느 상점 앞에서 가마를 내려놓고 모여 서서 두 손을 모으고 치성을 드린다. 한쪽에선 폭죽 소리도 요란하고.

아마도 개업하며 현천상제에게 장사 잘 되라고 빌어주는 모양이다.

재미있는 구경을 했다.

다시 산 쪽으로 난 길을 따라 가본다.

산은 구름에 덮여 있고, 붉은 지붕을 한 예배당의 십자가가 보인다. 조금 전 본 민간신앙과 대비된다.

31. 타이동 근교 관광.

다시 길을 따라 도시를 한 바퀴 돈다.

특별한 것은 없지만, 조용하고 아늑하고 깨끗한 게 참으로 맘에 든다. 집들도 창문에 꽃이 핀 화분을 걸어 놓기도 하고, 담벼락에는 벽화가 그려져 있기도 하다.

구경을 하다 보니 대동현관산진민대표회(臺東縣關山鎮民代表會) 건물이 보인다. 관산진 민회 건물인 모양이다. 곧, 관산진 민주주의의 현장인 셈이다.

요런 조그만 도시에서 주민들 대표들이 모여 오순도순 회의를 하는 모습이 그려진다.

어쩌면 우리나라 국회처럼 서로 고성이 오갈지도 모르지만, 현재의 이곳 차분한 분위기 때문인지, 전혀 그렇지는 않을 것 같다.

관산: 민회

마침 그 옆에 있는 건물엔, 천하위공(天下爲公)이라 쓰여 있는 돌 위에 공자님이 두 손을 모으고 서 계신다.

천하위공이란 예기(禮記) 예운편(禮運篇)에 나오는 공자님 말씀으로 '천하가 공공(국민)의 것이다'라는 뜻이다.

역으로 돌아오는 도중 개업식 하는 가게를 몇 군데 보았다.

오늘이 개업식하기에 좋은 길일인 모양이다.

꽃과 과일 등 제물을 차려 놓고, 향을 피우고, 폭죽을 터뜨리고, 공손히 빌고 있는 모습이 눈에 뜨인다. 개업하는 곳에서 돼지머리 놓고 절하는 것과 무엇이 다르랴! 역시 민간에는 민간신앙이 그득하다.

역으로 돌아오며 보니 옛날 역장이 살던 집이라는 표지가 붙어 있는 목조 건물이 있다. 이것도 무슨 역사적 유물이라도 되는 모양이다.

관산: 천하위공

31. 타이동 근교 관광.

관산 역 부근의 쓰러져가는 집

그러나 내 눈에는 역사적으로 의미가 있는 이런 평범한 집보다는 그 옆 조금 떨어진 곳에 있는 다 쓰러져 가는 집이 훨씬 더 풍치가 있다.

아마도 그 자연스러움 때문이리라.

그러다보니 관산 시내를 한 바퀴 다 돌아 기차역으로 온 것이다.

시간도 딱 맞는다.

기차를 탄다.

다시 타이동에 돌아온 건 4시 반쯤 되어서였다.

버스를 타고 철화촌에 내려 옆의 빌딩에 들어갔다.

이층에 일본 음식점이 있다.

속이 별로 안 좋아 고량주를 마셔야겠다 싶어 LA갈비(280元: 약 11,000원 정도)와 고등어백반(250元: 약 10,000원 정도)을 시킨다.

조금 비싸긴 하지만 그런대로 잘 먹었다.

초롱 씨에게 전화를 해보니 이제 타이동 역에 도착하여 택시를 탔다고 한다.

민박집에 도착하니, 이 선생 부부가 와 있다.

며칠 보지 않아서인지 반갑다.

내일 일정을 이야기한다.

택시를 세 시간 대절하여 타이동 해안가로 갔다가 타이동역으로 가 완행열차를 타고 화롄으로 가기로 결정한다.

31. 타이동 근교 관광.

32. 이런 걸 거북바위라고 해야지~

2018년 5월 10일(목)

10시에 민박집 주인이 불러준 택시가 왔다.

3시간 동안 대절하여 타이동 해빈공원(海濱公園), 소야류(小野柳), 삼선대(三仙臺)까지 갔다가 타이동 기차역으로 데려다 주는 조건으로 2,000元(약 80,000원)에 계약을 했다.

계약하는 과정에서 주인 여자가 자꾸 끼어든다.

그리고는 자기가 "안 된다."고 하면서 계속 운전기사에게 뭐라 뭐라 하는 것이었다.

아마도 삼선대까지는 안 되니 돈을 더 받으라는 듯하다.

이 선생이나 나나 별로 기분이 안 좋다.

집 주인은 자기가 소개해준 운전기사로부터 아마도 커미션을 받는 모양이다.

우리가 알아서 이야기하면 되는데, 자꾸 끼어들며 안 된다고 한다. 영어도 안 되어 소통도 안 되면서 시간만 자꾸 끈다.

이 선생이 우리가 가 봐야 할 곳을 적어서 보여 주며, 1시 반까지 타이동 기차역에 데려다 주기로 확답을 받는다.

이 민박집 아이유 홈스테이(Ai Yue Homestay)는 좋은 집으로 평이 나 있으나, 내가 겪어보니 그렇지 않다.

주인 여자와 의사소통이 잘 안 되는 것은 그럴 수 있다 치더라도, 손님 입장인 우리 입장을 대변해줘야 할 텐데, 우리 입장은 무시하고 너무 자기 이익을 챙기려 하는 태도가 눈에 거슬린다.

타이동 / 소야류

친절한 듯하지만, 친절한 게 아니니다. 게다가 방의 샤워기가 고정되지 않고 자꾸 헛돌아 샤워물이 엉뚱한 데로 향하는 것도 문제이다. 방을 바꾸어 주었지만 상황은 비슷하다.

왜 이런 데도 아고다 앱에는 평이 좋다고 나왔을까?

이 선생 부부의 의견도 마찬가지이다.

어찌되었든 각설하고, 택시 뒤 트렁크에 짐을 넣고 출발한다.

택시를 타고 해변공원으로 간다.

툭 트인 바다가 시원하다.

저쪽 계단 위에 공 모양의 지붕을 가진 정자인지 휴게소인지가 보인다.

지붕을 대나무로 엮은 것인데, 타이동 랜드마크라 한다.

그리고 바닷가에 빨간 기울어진 사진틀에서

타이동 랜드마크

32. 이런 걸 거북바위라 해야지~

사진을 찍는다.

이건 뭐 증명사진이다.

별것도 아닌데, 전부 여기에서 사진을 찍으니까, 기다렸다가 사진을 찍는 것이다.

이제 소야류로 간다.

소야류는 타이완에서 유명한 예류(野柳 야류) 지질공원의 축소판이라 하여 붙은 이름이다.

소야류: 야자나무:

들어갈 때, 차 한 대에 50元을 받는다. 기사 말로는 청소비라 한다.

바닷가로 가는 길은 야자나무가 쭉쭉 뻗어 있는 사이로 길이 나 있는데, 바닷가로 나가니 신기한 바위들이 볼 만하다.

운전기사는 나이가 좀 든 여

소야류: 진짜 거북바위

소야류: 기암괴석

32. 이런 걸 거북바위라 해야지~

인인데, 친절하게 설명을 해준다.

거북이들이 일렬종대로 서서 머리를 내밀고 있는 모습을 가리키며 거북바위라 한다.

그렇게 보면 그럴 듯하다.

그러나 그보다는 엄청 큰 진짜 거북바위를 발견한다. 적어도 거북바위라 부르려면 이런 걸 거북바위라고 해야지~.

그 위에 올라 가 사진을 찍는다.

저쪽으로는 머리를 내밀고 있는 바위 모습 등 기암괴석들이 볼 만하다.

여기에서 조금 가면, 지아루란 해안(加路蘭海岸 가로란해안)의 조각공원이 나온다.

가로란 해안: 인디언 머리

가모자만 버스 정거장 휴게소

바다를 보는 전망대와 여러 가지 조각들이 눈길을 끈다. 이 가운데, 인디언의 머리를 형상화한 나무 조각도 있고 돌고래를 형상화한 조각도 있고, 이름 붙이기 어려운 형태의 다양한 조각들이 있다.

다시 택시를 타고 미려해안(美麗海岸)을 들려 동하촌(동하촌)의 가장 아름다운 버스 휴게소라는 가모자만 휴게구 정거장(加母子灣休憩區停車場)으로 간다.

정거장 뒤는 바로 화장실인데, 겉으로 볼 땐 소박하고 예쁘기만 하다. 그 뒤로는 큰 바위들 사이에 초가를 올린 키오스크(자그마한 매점)가 있다.

잘 꾸며 놓았다. 가장 아름다운 버스 휴게소라는 타이틀이 붙을 만하다.

32. 이런 걸 거북바위라 해야지~

33. 기차는 떠나고~

2018년 5월 10일(목)

벌써 12시가 넘었다.

운전기사는 부근에 있는 맛있는 만두 가게를 소개해 준다. 찐빵과 만두를 사서 먹는다.

그리곤 90년 된 다리라는 동하교(東河橋)로 간다.

바닷가에 면한 산이 수려하다.

그런데, 벌써 12시 반이다.

삼선대까지 갔다가 타이동 역으로 가려면 시간이 부족할 텐데…….

기사는 차를 운전하여 대동산곡(臺東山谷)이라는 글자가 새겨진 큰

동하교

대동산곡 가는 길

문을 지나가려 한다.

이 선생이 기사에게 삼선대는 안 가느냐고 묻는다. 분명 시간적으로 불가능하다는 걸 느낀 모양이다.

아니나 다를까?

"삼선대까지는 멀어서 갈 수 없다."는 대답이다.

이 선생은 계약할 때 써 놓은 종이를 보여주며,

"우리의 목적지는 삼선대인데, 삼선대까지 가기로 하지 않았는가?"라고 따지니, 운전기사는 잠깐 기다리라며 민박집 주인에게 전화를 한다.

서로 다투듯 전화를 하다가 끊고서는,

"지금 가면 타이동 역까지 1시 30분까지 가기는 어렵다."고 한다.

"그래도 갑시다. 우리 계약대로 합시다."

33. 기차는 떠나고~

이 기사 아줌마는 민박집 주인보다 낫다. 세 시간 계약했지만, 시간이 좀 지나더라도 계약대로 해주겠다고 한다.

벌써 1시 가까이 되었다.

차를 몰아 삼선대로 간다.

길은 깨끗하고, 왼편으로 높은 산은 거룩하고 밀림처럼 숲이 우거져 있다.

1시 15분에 도착한다.

주차비로 50元을 받는다.

아무래도 화렌(花蓮 화련) 가는 완행열차를 타려면 빨리 되돌아가야 한다.

삼선대는 결국 제대로 보지 못하고 멀리서 사진만 찍고 되돌아선다.

삼선대

1시 22분 출발하여 타이동역에는 2시 30분에 도착한다.

내 기억으로는 2시 40분 완행이 있으니 그걸 타고 화련으로 가면 된다. 아슬아슬하다.

택시에서 내려 예약한 돈 2,000元과 팁으로 200원을 얹혀주고, 짐을 내려 역 안으로 달려간다.

일단 기차역에 이지카드를 대고 들어간다.

그러나 기차는 벌써 떠나고 없다. 알고 보니 2시 24분 출발 기차라서 벌써 떠나버린 것이다.

에이~. 미리 다시 한 번 확인했어야 하는 건데…….

허긴 미리 확실하게 기차 시간을 외웠다고 하더라도 소용은 없다. 구경도 못한 삼선대까지 갔다 오느라고 타이동 역에 도착한 것은 2시 30

타이동에서 화련 가는 길

33. 기차는 떠나고~

화렌: 신신멘관

분이었으니까.

할 수 없이 3시 21분 자강호 차표(343元)를 끊고 화렌으로 간다.

창밖의 산들이 높고도 높고 겹겹인데 구름에 가려 봉우리는 안 보인다.

산들이 참으로 볼 만하다.

5시 23분 정확하게 화렌에 도착한다.

예약해 놓은 오주(五州)호텔로 택시를 타고 간다. 145元이 나온다. 짐을 내려놓고 다시 이 선생이 묵는 F호텔로 간다.

호텔 예약을 따로 하는 바람에 서로 다른 호텔을 예약한 것이다.

그리고는 저녁을 먹으러 간다.

책에 나와 있는 맛집 신신멘관(欣欣麵館 흔흔면관)으로 가 이 선생은

화렌: 교회

건면(60元)과 해물볶음국수(100元)를 시키고, 우리는 새우볶음밥(80元: 약 3,200원 정도)과 해물국수(100元: 약 4,000원 정도)를 시킨다.

소문대로 거부감 없이 맛이 있다.

그리곤 각자 내일 9시에 화렌 역에서 만나 태로각으로 가기로 약속하고 각자 호텔로 돌아간다.

호텔로 돌아가며 본 교회의 야경이 멋있다. 하두 요란벅적지근한 중국풍 사원만 봐서 그런지…….

33. 기차는 떠나고~

34. 자기 생각에 사로잡혀 말을 하니 이런 불상사가!

2018년 5월 11일(금)

아침 일찍 일어나 화련 야시장 쪽으로 간다.

야시장 너머로 화련남빈공원(태평양공원)이 있고, 북쪽으로는 북빈공원이 있기 때문이다.

9시까지 화렌 역으로 가려면 시간이 아직도 한참 멀었기 때문에 이들 공원을 보며 가려는 것이다.

화련 서쪽의 산들은 구름에 가려 있어 더 아름다워 보인다.

남빈공원 쪽을 보니 그저 그렇다. 다시 바닷가를 따라 북빈공원으로 간다.

화렌: 야시장 부근

북빈공원: 관음상

남빈공원에는 잘 가꾼 야자나무 사이로 관음보살이 앉아계시고, 저쪽으로 해변이 보인다.

남빈공원에서 다시 서쪽을 향해 걷는다.

오래된 나무들과 솟아오르는 물고기 조각을 지나니 북쪽으로 붉은 다리가 보인다. 청화교(菁華橋)이다.

강 너머로 보이는 소나무 숲이 기품이 있다. 그 사이로 집이 한 채 보인다. 지도에서 보니 파인 가든(솔 정원)이라고 나와 있다.

시간이 남으면 가보고 싶으나, 9시 약속이 되어 있으므로 그냥 강가를 따라 걸으며 눈요기만 할 뿐이다.

그렇게 가다보니 오른쪽 강 너머 숲 사이로 거위 두 마리를 조각해 놓은 돌에 계반공원(溪畔公園)이라고 새겨져 있다.

더 나아가니 오른쪽으로 충렬사가 보이고, 메이룬산공원(美崙山公園 미륜산공원)이 보인다.

34. 자기 생각에 사로잡혀 말을 하니 이런 불상사가!

한 번 꼭 들리고 싶은 곳이긴 하지만, 약속 시간 때문에 역시 그냥 지나친다.

이제 왼쪽으로 길을 잡아 시내로 들어선다.

화렌 역에 거의 다 와서 어떤 가게에 들려 타이루거(太魯閣 태로각) 가는 버스 터미널이 어디에 있는지를 물어본다.

태로각 협곡을 보려면 협곡 안에 볼거리가 많기 때문에 이지카드보다는 250元짜리 하루 패스를 끊고 내렸다 탔다를 반복하는 것이 편리할 듯하여 미리 대비한답시고 물어본 것이다.

속으로는 버스 터미널이 기차역 부근에 있을 거라 짐작하면서 물어보았는데, 가게 점원은 영어를 잘 못하고 먹거리를 사던 백인이 유창한 영어로 대답을 해준다.

파인 가든

그런데 돌아온 대답은 우리가 왔던 곳의 반대쪽으로 한 15분쯤 주욱 가면 왼편에 버스 터미널이 있다는 것이다.

"에? 기차역 옆에 있는 게 아니고?"

"기차역 옆에는 없어요. 저쪽으로 주욱 걸어가면 왼편에 나와요."

마침 초롱 씨로부터 주내에게 전화가 온다.

"지금 어디쯤 왔어요?"

"역에 거의 다 왔어요."

"우린 벌써 왔는데, 택시타고 오세요. 우린 버스 터미널에 벌써 왔어요."

기차역에서 만나기로 했는데, 버스 터미널이라니?

그리고 미국인 말인즉 역에는 버스 터미널이 없고 그 반대쪽으로 15분 정도 가야 한다니…….

다시 길을 돌아선다.

우린 천성적으로 빠꾸를 싫어한다. 그렇지만 어이하랴! 빠꾸하는 수밖에

다시 되돌아가면서 골목에서 나오는 어느 여인에게 버스 터미널을 물어본다.

이 여인은 역 쪽을 가리킨다.

"아까 00에게 물어보니 이쪽으로 15분쯤 가면 터미널이 나온다는데?"

이 여인, 고개를 갸우뚱하더니, 그건 잘 모르겠단다.

누구의 말을 믿어야 하나?

어찌되었든 영어를 못하는 이 여인보다는 백인 말이 맞을 거라는 판

34. 자기 생각에 사로잡혀 말을 하니 이런 불상사가!

화련 시내

단 하에 계속 전진한다. 땀을 뻘뻘 흘리며!

아직 약속한 9시는 안 되었지만, 이 선생 부부가 기다릴 것을 생각하여 걸음을 빨리 한다.

그런데 15분쯤 갔는데도 버스 터미널은 안 나타나는 거다.

다시 어떤 젊은이를 붙들고 물어본다.

이 젊은이 말로는 기차역 옆에 있다고 한다.

에이~, 다시 또 돌아가야 하나!

주내에게 초롱 씨에게 전화하여 정확하게 어디에 있는가 물어보라고 한다.

전화를 하니 버스 터미널이란다.

역 옆에 있는 버스 터미널이냐고 재차 물어보니 그렇다며 왜 빨리 안 오느냐고 되묻는다.

우리에게 기차역으로 가야 한다고 가르쳐준 젊은이가 이를 보더니, 3분만 기다리라며 자기가 데려다 주겠단다.

그러면서 길 건너로 가 자기 차를 가지고 유턴해서 우리에게로 온다.

차를 얻어 타고 기차역으로 간다.

너무나도 고마운 젊은이다. 천사가 따로 없다. 이 자리를 빌려 감사의 말씀 전한다.

역 앞에 내리니 이 선생 부부가 서 있다.

"왜 이제 와요?"

"아니 버스 터미널이라고 해서 버스 터미널 찾아다니다 늦었지."

"기차역에서 만나기로 하지 않았어요?"

"그런데 왜 우리보고 택시타고 오라 했어요? 역 가까이 왔다고 하는데, 택시타고 버스 터미널로 빨리 오라 하니 버스 터미널이 다른 곳에 있는 줄 알았지요. 더군다나 어떤 백인이 버스 터미널은 기차역에 없고 반대로 되돌아가야 한다고 해서……. 저기까지 왔다가 되돌아갔잖아요."

"난 호텔에서 출발하는 줄 알고, 택시 타고 오라 했지요."

기차역 가까이까지 왔는데, 잘못 가르쳐 준 백인과, 역 근처에 왔다는 데도 택시타고 오라는 초롱 씨 말 때문에 빚어진 촌극이었다.

결국 말을 할 때에는 정확하게 듣고 정확하게 말을 해야 한다. 상대방이 알아들을 수 있도록.

그런데 그게 어디 그런가!

사람들은 자기 생각에 사로잡혀 어떤 말은 흘려버리고 자기 생각에 맞추어 말을 하니 이런 불상사가 생기는 것이다.

34. 자기 생각에 사로잡혀 말을 하니 이런 불상사가!

그러니 항상 바르게 말하고 바르게 들어야 한다.

이 선생 부부는 호텔에서부터 택시타고 왔다 한다.

어쩐지 늦잠 자는 초롱 씨가 이렇게 일찍 왔다 했다.

택시 타고 오면서 택시 기사에게 태로각 간다고 하니, 2,000원만 주면 자기 차로 모시겠다는 걸 1,500원으로 깎아 놓고 우릴 기다린 거다.

그러니 이 선생 부부는 왜 우리가 빨리 오지 않는가, 애태우며 기다린 거 아니겠나!

이런 상황에서 역 가까이 왔다는 데 흘려듣고 택시타고 버스 터미널로 빨리 오라 한 것이 그만 모든 사람에게 고생을 시킨 거다.

모두 잘하고자 한 것이지만, 의사소통이 뒤틀리니 참, 이럴 수도 있구나 싶다.

35. 자연이 만든 보물

2018년 5월 11일(금)

1,500元에 대절한 택시를 타고 태로각으로 간다.

가는 도중에 공군기지 옆을 지나는데 굉음이 들린다. 제트기가 날아오르는 소리이다.

중국이 언제 대만을 쳐들어올지 모른다는 생각에 이곳 대만은 한시도 긴장의 끈을 늦추지 않고 있다는 것이 느껴진다. 엊그제 사격 연습이라던 총소리도 그렇고.

우린 코앞에 휴전선을 두고도 천하태평인데…….

이런 걸 보면 우리나라 사람들은 참 간도 크다. 아님, 건망증이 심하

화련: 칠성담

듣지.

태로각 가는 길에 치싱탄(七星潭 칠성담)을 들린다. 긴 해변이 싱그럽다.

태로각 입구

얼마 안 가 태로각 입구에 다다른다.

벌써부터 이 협곡의 웅장함이 느껴진다. 비록 산은 구름에 가리어 있지만.

동서횡관공로(東西橫貫公路)라는 현판이 붙은 대문이 우릴 맞는다.

내 건너 구름에 쌓인 봉우리는 가파르고, 자갈과 검은 모래로 덮인 내는 넓기도 하다.

다시 택시를 타고 협곡 안으로 들어간다.

정말 오늘이 이번 여행의 하이라이트구나 싶다.

얼마 안 가 영안교(寧安橋)라는 다리가 나타나고 여기에 우릴 내려놓

태로각: 영안교 산책길

는다.

그리고는 한 시간 줄 테니 저 다리 밑으로 트래킹을 하란다.

우린 기사 양반 말에 복종한다.

다리 밑으로 내려가 계곡을 따라 30분가량 계속 경치를 보며 걷는다.

산책로는 절벽을 약 2미터 정도 깎아 만든 길이다.

돌로 된 바위를 깎아 이런 길을 내다니, 일단 이런 길을 낸 것 자체가 경이롭기도 하다.

물론 키가 2미터가 넘는 분들에겐 불편하겠지만……. 흐.

걷고 걸으며, 깎아지른 절벽과, 내, 그리고 숲이 우거진 높은 산을 보며 우린 감탄한다.

절벽과 내는 이들이 굴곡진 바위로 이루어져 있음을 보여준다. 이들을 보기만 해도 신기하고 재미있다.

35. 자연이 만든 보물

태로각: 연자구

태로각: 연자구

계속 걷자면 끝이 없을 듯하다. 다시 되돌아온다.

다시 택시를 탄 건 12시 13분이다.

다시 차를 타고 7분쯤 가더니 기사가 오른쪽 산을 보라 한다. 저쪽 산에 있는 폭포를 보라는 것이다.

그리고 조금 더 가니 아래로 흐르는 계곡 위에는 출렁다리가 있고, 위쪽 저쪽으로는 두 산을 잇는 망 같은 것이 걸려 있다. 아마 공사 중인 모양이다.

기사 아저씨는 우리에게 2시 반쯤 식사해야 할 거라며 괜찮겠냐고 묻는다.

여기서 어쩔 수 없지 뭐. 기사 말대로 하는 수밖에!

다시 차를 타고 얼마 안가니 연자구(燕子口)라는 곳에 도착한다.

35. 자연이 만든 보물

태로각: 연자구

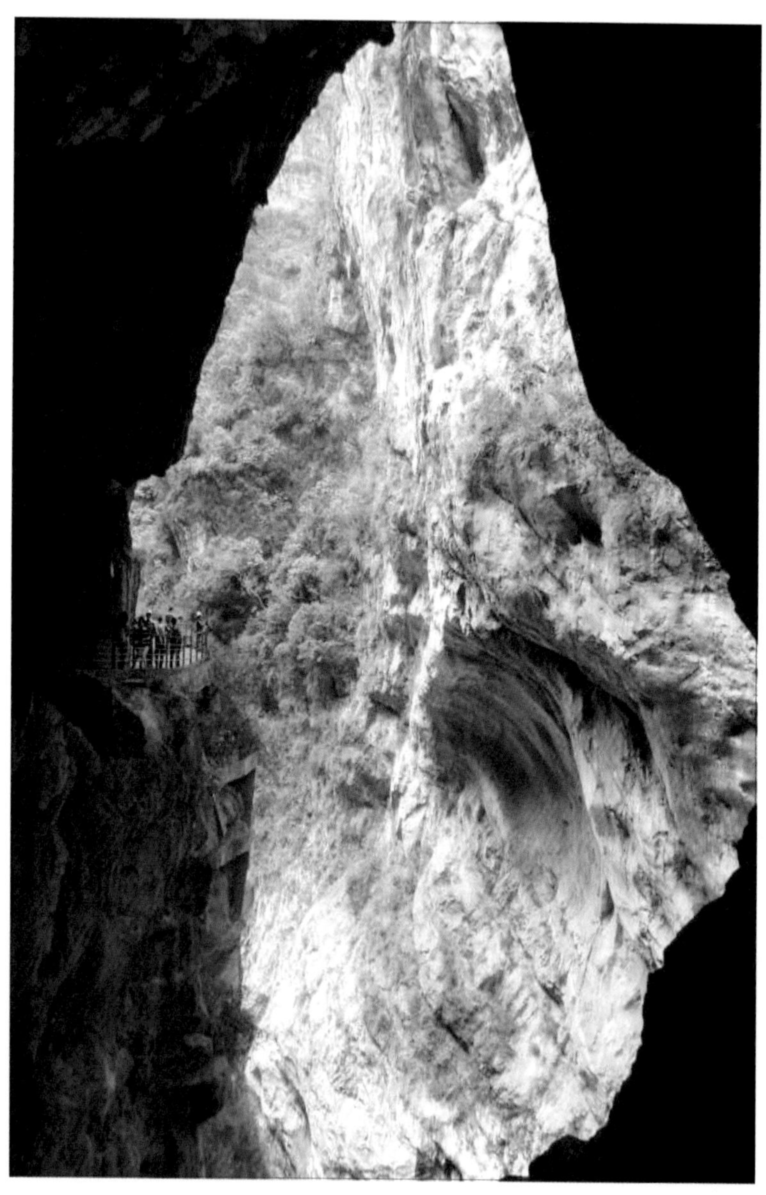

태로각: 연자구

35. 자연이 만든 보물

연자구는 태로각 협곡 가운데 가장 좁은 곳으로서 양쪽 단애의 폭이 16m이고, 그 가운데에 200m 정도 걷는 길이 있다.

기사는 차를 세우고 뛰어가서 안전모를 들고 와 하나씩 논아준다. 이걸 쓰고 여기서부터 구경하면서 저 굴 속을 지나 저쪽으로 오란다. 저쪽에 차를 세워놓겠다며.

우리가 이 말을 거역할 리 없다.

안전모를 쓰고 굴속으로 들어간다.

굴은 오른쪽 벽을 파내어 밖을 볼 수 있게 해 놓았다.

연자구에서 연자(燕子)란 제비를 말함이고, 구(口)란 입이니 우리말로는 제비입이라는 말일 텐데…….

아니 제비가 드나드는 구멍이라는 뜻일지도 모른다.

태로각: 연자구

굴로 들어가며 밖을 내다보니 밑으로는 저 아래 계곡이 흐르고, 그 건너로는 절벽에 구멍이 몇 개씩 뚫려 있는 것이 보인다.

저것이 연자구인가? 아님 이 굴의 오른쪽 벽을 뚫어 창을 낸 것이 연자구인가? 헷갈린다.

이 굴의 창이 연자구는 아닐 거고, 저 내 건너 절벽의 구멍들이 연자구임에 틀림없을 거다.

그렇지만 제비 입, 아니 제비가 드나드는 구멍 치고는 너무 구멍이 큰데…….

어쨌거나 우린 다시 한 번 감탄한다.

대단한 협곡이다.

자연이 만든 보물이다. 정말 볼 만하다.

연자구 산책길은 아까 걷던 산책길과는 너무도 다르다.

아까 본 경치는 여기에서 보는 협곡의 경치에 비하면 그야말로 새 발의 피다.

36. 난 훌륭하다는 말을 잘 안 하는 사람인디…….

2018년 5월 11일(금)

다시 차를 타고 가 내린다.

여긴 대리석 사자를 난간에 세워놓은 태로각 협곡 중에서 가장 아름다운 다리라는 자모교(慈母橋)이다.

붉은 다리 너머 왼쪽으로 툭 튀어 나온 커다란 바위 위에 자리 잡은 누런 정자와 그 밑의 내와 그 건너 절벽, 그리고 절벽 위의 숲이 잘 어우러져 한 폭의 그림이 따로 없다.

밑으로는 탁한 색의 물이 흐르고 그 협곡 좌우로는 하얀 바위들이 움푹 움푹 굴곡지게 패어 있다. 아마도 저 바위들이 대리석인 모양이다.

태로각: 자모교 협곡

태로각: 자모교와 악양정

옆으로 솟은 봉우리는 높기만 하다.

팻말을 보니 누런 정자가 악왕정(岳王亭)이다.

악왕은 송나라 때의 장수 악비(岳飛)를 말하는데, 그를 추모하여 만든 정자인 모양이다.

참고로 악비는 무장으로 중국인들에 의해 존경받는 인물로서, 관우와 함께 무신묘에 모셔지는 장수이다.

악왕의 악(岳)이 큰 산을 의미하니, 악왕정이 "큰 산의 왕"이라는 뜻을 가진 정자 이름인지도 모르겠다.

악비를 추모해서건, 여기에 큰 산들이 많아 큰 산의 왕이 되는 곳에 세운 정자이건 간에 악왕정이라는 이름은 이 둘의 뜻을 다 품고 있다 할 것이다.

36. 난 훌륭하다는 말을 잘 안 하는 사람인디…….

여하튼 악왕정이라는 정자는 주변과 어우러져 경치가 좋다.

이 정자 뒤쪽으로 계곡 위에 이곳과 저곳을 잇는 하늘다리가 있다. 출렁거리기 때문에 출렁다리라 한다.

우리나라 TV에서도 소개된 곳이라 하여 사람들은 여기를 한 번씩 건너는 것을 당연한 일로 여기는 듯하다.

우리라고 예외는 아니다.

출렁다리 위에서 스릴을 맛보며 다리를 건넌다.

다리를 건너니 그곳은 막혀 있다. 출입이 통제되어 있는 것이다. 다시 되돌아 나온다.

아래 계곡은 아름답지만, 출렁거리며 안전에 주의를 기울이다보니 경치는 간 곳 없다.

그렇지만 이것도 재미있는 걸!

1시 반이 지났

태로각: 자모교 출렁다리

치휘교, 상덕사 그리고 천봉탑

으나 배고픈 줄 모른다.

다시 녹수보도(錄水步道)에서 트래킹을 하란다. 주변의 경치는 훌륭하다. 정말 훌륭하다.

난 이순신 장군하고, 안중근 의사 하고, 세종대왕, 우리 마누라 이외에는 훌륭하다는 말을 잘 안 쓰는 편이다.

난 우리나라 대통령에게도 훌륭하다는 말을 안 하는 사람인디…….

그럼에도 불구하고 여기에 있는 산과 계곡을 보고 훌륭하다고 하는 걸 보면, 얼마나 경치가 좋은지를 알 수 있을 거다.

이 책을 읽으시는 분들에겐 여기에 실은 사진만 보시지 말고 직접 와 보실 것을 강력하게 권한다.

36. 난 훌륭하다는 말을 잘 안 하는 사람인디…….

태로각: 굴

내가 아무리 사진을 잘 찍어도, 실물을 육안으로 보며 느끼는 것과는 다른 것이니까.

녹수보도 트래킹 끝자락에도 출렁다리가 있다.

아까 악왕정에서 무서워 출렁다리를 건너지 못하신 분들을 위하여 여기에도 짝퉁 출렁다리를 만들어 놓았으니 과감히 시도해보시라.

이제 다시 택시를 타고 치휘교(稚暉橋)를 지나 천상(天祥)으로 간다.

여기에 먹을 곳이 있다.

일종의 태로각 협곡 안에 있는 시장이라고 보면 된다.

기사가 가리키는 식당에 들어가 식사를 한다.

그리고 나와 치휘교 건너편의 상덕사(祥德寺)와 천봉탑(天峯塔)을 보며 사진을 찍는다.

숲속 봉우리에 우뚝 선 천봉탑이 볼 만하지만, 걷기도 많이 걸었고, 밥 먹어 배도 부르고, 그냥 눈으로만 본다. 옛날 같으면 벌써 뛰어갔을 텐데…….

장춘사

이제 다시 되돌아간다.

되돌아가며 장춘사(長春祠)를 들리면 된다.

장춘사는 태로각에 길을 내다 죽은 이들의 영령을 모셔 놓은 곳이다.

1956년-1960년 사이에 화련 시와 타이중 시를 동서로 잇는 도로를 내는 공사 도중 무려 212명이나 죽었다고 한다.

허긴, 해발 2,500m~3,000m

36. 난 훌륭하다는 말을 잘 안 하는 사람인디…….

장춘사 가는 길: 굴속에 모셔놓은 부처

되는 산속에 이런 길을 내는데 이런 희생이 따르지 않을 수 있을까?

이들 덕분에 우리가 편히 구경을 하는 것이다.

어찌 보면 인생이란 고생하는 사람 덕분에 호강하는 사람이 따로 있는 법이다.

왜 누군 고생하고 누군 덕을 보는가? 이런 현상은 왜 나타나는 것일까? 혹자는 전생에 나라를 구했기에 덕을 본다고 하지만…….

어쩌면 이 모든 것이 돈이 빚어낸 환상 아닐까? 돈 때문에 험한 길 내다가 죽는 사람이 있는가 하면, 돈 때문에 편히 구경하는 사람 있고.

여하튼 이 길을 낸 분들에게 감사한다.

장춘교를 지나 굴속으로 들어가기 전에 계곡 쪽으로 전망대가 툭 튀

장춘사 가는 길

어 나와 있다.

여기에서 협곡을 다시 한 번 감상하고 굴속으로 들어가면 대리석으로 만든 부처님 조각상이 우릴 맞고, 여기를 지나면 굴 오른쪽 벽이 뚫린 길이 나타난다.

이 길을 따라 가면, 폭포 위에 세워 놓은 장춘사라는 사당이 나타난다.

뒤쪽으로는 높은 산이 정말로 가파르게 솟아 있다. 워낙 산이 높으니 절도, 절 밑으로 흐르는 폭포도 조그마하게 보인다.

장춘사에서 죽은 이들의 명복을 빌고 다시 되돌아 나온다.

나오면서 보는 경치 역시 아름답다.

다시 택시를 타고 호텔로 돌아온다.

오늘 하루 잘 놀았다.

36. 난 훌륭하다는 말을 잘 안 하는 사람인디…….

37. 조금만 늦추면 시간을 도둑맞는다.

2018년 5월 12일(토)

11시 20분 완행열차를 타야 한다.

아침 먹고 어찌어찌 하다 보니 10시가 넘었다.

조금만 늦추면 시간을 도둑맞는다.

체크아웃 하니 벌써 10시 20분이다.

걸어가도 11시까지는 충분하다만, 에이, 만사가 귀찮다. 택시(140元) 타자.

택시 타고 역에 도착하는데 10분도 안 걸렸다.

이 선생 부부는 벌써 나와 있다.

화렌에서 자오시 가는 완행열차에서

자오시

차 시간을 다시 확인하고 대합실에 앉아 시간을 보낸다.

토요일이라서 그런지 사람이 많다.

그러나 11시 20분 출발 열차는 자리가 많이 남는다.

드디어 출발이다.

음식값 싸고, 교통비 싸고, 서민교통(완행 기차, 버스등) 편리하고, 모든 제도가 서민들 중심으로 짜여 있다. 서민들 살기는 좋은 곳인 듯하다.

그러나 여긴 인도가 죽었다.

인도를 통해 걷는다는 게 얼마나 어려운지는 겪어보면 안다.

상점 앞에 인도가 있기는 하다. 그러나 대부분 오토바이가 차지하고 있다.

오토바이를 피해 가방을 끌고 가는 것은 묘기에 속한다.

또한 상점 앞 인도에는 상점마다 턱을 해놓아 그때마다 가방을 들어서 올려놓고 내려놓는 운동을 해야 한다. 어떤 상점은 아예 인도에 칸을 만들어 지들이 쓰고 있으니 차도를 통해 지나가야 한다.

도대체 단속하는 공무원은 어디로 갔나?

상점 앞 인도가 아마도 그 상점 소유의 땅인 듯한데, 법으로 인도를 만들어 놓도록 되어 있는 모양이다.

그러나 그 법이 잘 시행되긴 했는데, 그 이후 단속이 이루어지지 않으니 무용지물이다.

할 수 없이 차도로 가는 게 훨씬 편하다.

차도는 인도 옆에 오토바이 도로가 있고 그 옆에 차가 다닌다.

그 오토바이 도로도 차가 불법 주차해 있는 경우가 허다하다.

37. 조금만 늦추면 시간을 도둑맞는다.

인도를 막은 오토바이

결국 차 다니는 도로로 나섰다가 오토바이 도로로 옮기다가, 옆으로 자동차나 오토바이가 부르릉 지나가면 깜짝깜짝 놀래기 일쑤다.

결국 대만에서 걷는다는 건 대단한 용기와 체력이 요구된다. 살짝살짝 피하는 기술과 함께!

건널목에 파란불이 들어와도 그냥 건너면 안 된다. 반드시 좌우를 두리번거리며 매의 눈으로 관찰해가며 묘기 부릴 준비를 한 후 건너야 한다.

왜냐면 건널목에 파란불이 들어와 있어도 자동차와 오토바이는 좌회전 우회전을 자유롭게 할 수 있기 때문이다.

그래서 대만 여행을 하다보면 관찰력도 늘고, 폴짝폴짝 뛰는 묘기도 생기며. 결단력도 늘고., 어떠한 위험 상황에서도 담대해지고, 몸도 가벼워진다.

여기서는 '담대하라'는 성경 말씀이 없어도 저절로 담대해진다.

그렇지만 택시만 타고 다니는 여행자에겐 이런 혜택이 주어지지 않는다.

명심하시라!

이런 혜택을 누리려면 반드시 끄는 가방을 준비하고 걷는 여행을 하셔야 한다는 것을.

그리고 대만 여행에서는 완행(구간)열차를 타시라!

완행은 싸고, 천천히 가니 시간을 즐길 수 있다.

다시 말해 천천히 가는 까닭에 주변 경관을 감상하기 좋다는 말이다.

완행열차

37. 조금만 늦추면 시간을 도둑맞는다.

덤으로 서민들의 일상을 볼 수도 있다. 졸고 있는 사람도 있고 가족들과 도시락 까먹으며 소풍가는 서민들 모습도 볼 수 있다. 때로는 시끌시끌하기도 하다. 사람 사는 맛이 난다.

완행은 차표 검사를 안 하는 줄 알았더니, 승무원이 차표 검사를 한다. 랜덤하게.

그렇지만 용케도 무임승차자를 잡아낸다.

참 재주도 좋다!

38. 그 늙의 자비심 때문에!

2018년 5월 12일(토)

자오시(礁溪 초계) 역에 도착하여 택시로 샨커우(山口 산구) 온천 호텔에 짐을 푼다.

만두로 점심을 때운 후, 네 시에 공원에 갔다가 오봉산 폭포를 보고 오기로 하고 초계탕위구공원(礁溪 湯圍溝公園)에 간다.

탕위구공원에서 물고기가 들어 있는 족탕에 발을 담근다.

그렇지만 공짜는 아니다. 80원을 내야 한다. 80원을 내면 일회용 수건을 준다.

금붕어에게 살 보시하기

배고픈 금붕어들

처음엔 닥터 피시라는 요놈들이 달려들자 발이 간지러워 발을 빼고 웃기만 한다.

금붕어 작은 놈들인데 뭐가 그리도 반가운지 마치 발에 꽃피듯이 몰려들어 키스를 해댄다.

우이 씨, 간지러워!

그러나 잠시 후 적응이 된다.

이왕 보시하는 셈치고 요놈들이 잘 달려들도록 양발을 벌려 준다. 이런 걸 보면 난 참 마음이 넓고 착한 사람이다.

돈 80원 내고 금붕어에게 살 보시하고, 오늘 좋은 일 많이 한다.

언제까지 이러구 있어야 하나?

아니 무에 먹을 게 그리 많다고 계속 몰려드누?

자오시

살 보시하는 사람들

실컷 묵으라, 마!

차마 발을 빼지 못하겠다. 야들이 식사하는데 무정하게 '그만!' 할 수가 없다. 그 눔의 자비심 때문에!

이런 걸 보면 나는 자비심이 무척 많은 사람이다. 예전에도 그러려니 짐작은 하고 있었지만 여기에서 실감한다. 요놈들 땜에.

그렇지만 요 알량한 자비심 땜에 4시 39분에 오봉기풍경구(五峰旗風景區) 가는 셔틀 버스를 놓쳤다.

요 다음 버스는 5시 12분에 있는데, 요건 풍경구 등 몇 개 정류장엔 서지 않고 그냥 냅다 달리는 직행이다.

직행이 이렇게 원망스러울 수가 없다.

결국 6시 9분 출발 차를 기다릴 수밖에 없다. 도착은 6시 12분으로 되어 있고, 되돌아가는 차는 6시 58분, 7시 28분 두 대밖에 없다.

38. 그 눔의 자비심 때문에!

오봉기풍경구에서 폭포까지 갔다 올 수 있으려나?

가는 데만 20분 걸린다니 갔다 올 수는 있겠으나, 어두워 질 텐데…….

6시 9분 차가 10여분이나 늦게 온다.

얘들이 시간은 잘 지키는데, 왜 이러지? 시골이라서 그런가? 오늘따라 차 운이 안 따르는 모양이다.

풍경구에 도착하니, 6시 반이 채 안 되었다.

날은 어두워지는데, 볼 수도 없으려니와 돌아갈 버스조차 잘못하면 놓칠 것 같아 다시 버스 정류장으로 발길을 돌린다.

전화를 해 보니 초롱이네는 벌써 호텔로 돌아갔다 한다.

6시 58분 차를 타고 돌아가려는데 왜 차가 안 오나? 또 빼먹는 거 아냐?

그렇담, 7시 28분 차를 타야 하는데, 이것도 안 오면 어쩌나? 여긴 택시도 없고.

7시 7분이 되어 차가 온다. 또 9분 늦은 것이다.

다시 탕위구공원에 오니 7시 12분이다.

이 선생 부부하고는 임가저장동분(林家猪腸冬粉)이라는 맛집에서 만나기로 했다.

구글 앱을 열어 지도를 보며 찾아간다.

우리가 먼저 왔다. 초롱이네는 간판을 못보고 지나쳤다가 다시 돌아오느라 늦게 왔다.

임가저장동분은 허술한 집인데 책에 돼지창자를 넣은 쌀국수 맛집으로 나와 있단다.

자오시

아무래도 돼지 창자라, 별로 땡기지 않는다. 쌀국수는 괜찮은데.

결국 돼지창자 말고 돼지고기 넣은 쌀국수와 돼지머리 누른 것 비슷한 요리 하나를 시킨다. 값은 엄청 싸다.

아무래도 고기를 먹는데, 술이 없음 안 되겠다 싶어 밖으로 나와 세븐-일레븐으로 달려가 손바닥만 한 작은 병에 든 고량주를 사온다.

그리고 잘 먹는다.

주내와 초롱 씨는 과일 산다고 나갔는데 돌아올 줄 모른다. 나중에 보니 양 손에 과일이 가득 찬 봉지를 들고 온다.

에이~, 아무리 싸도 그렇지.

여자들은 싸다고 하면 그냥 막 사는 경향이 있다. 이걸 절약이라고

임가저장동분

38. 그 놈의 자비심 때문에!

생각하는 모양이다.

돈을 덜 쓰는 게 절약인데, 이걸 망각하고 싸다고 더 쓴다.

그리곤 절약했다고 한다.

뭐가 뭔지 원!

택시를 잡아타고 호텔로 돌아온다.

호텔에선 5층 바깥에 마련해 놓은 야외 욕탕에서 하늘을 보며 온천욕을 한다. 원래 이러려고 이 호텔을 잡았으니까.

이 온천은 탄산수소나트륨천인데, 맛도, 색도, 냄새도 나지 않고 물이 투명하고 맑다.

39. 기다림의 미련을 못 버리는 이유

2018년 5월 13일(일)

아침 일찍 재촉하여 나왔으나 버스정류장으로 간다는 것이 그만 기차역으로 가고 있다. 기차역 옆에 버스정류장이 있는 줄 안 거였다.

가다가 다시 구글앱을 확인해보니 기차역 옆이 아니라 다른 방향 의 협천묘(協天廟) 정류장이다.

택시를 불러 타고 협천묘로 간다.

여기에선 9시, 9시 40분 988번 버스가 있는데, 지금이 9시 1분이다. 혹시 9시 차가 안 갔을 거란 기대 하에 10분을 기다리지만, 차는 안 나타난다.

협천묘

이제 9시 40분 차를 타야 한다.

기다리는 동안 이 절을 구경하러 들어간다.

꽤 큰 절이다.

사진을 몇 장 찍고 느긋하게 나오는데 주내가 나를 부르다 지쳐서 목이 다 쉬었다고 야단이다.

내가 사당에 들어가 있는 동안에 9시 차가 11분 늦게 온 것이다.

내가 절 구경하는 사이에 버스가 올 줄 누가 알았나?

“밝음이 아빠!”, “밝음이 아빠!” 애타게 부르니, 정류장 사람들이 처음에는 웃다가 같이 “밝음이 아빠!”를 합창했다고 한다.

그런데도 내가 못 알은 거다. 절 안에 들어가 있으니 알아들을 리가 있나.

내가 나타나지 않으니까, 결국 버스는 떠나고, 버스가 떠난 후에야 내가 어슬렁거리며 나타난 것이다.

그러니 얼마나 잘못한 거 없이 내가 미안한지…….

잘못은 늦게 온 버스에 있는데 왜 내가 미안하지?

세상은 이렇다.

때에 따라서는 잘못이 없어도 미안한 경우가 있는 법이다.

이런 경우는 정말 재수 없는 경우다. 왜 하필 고 때 차가 와 가지곤, 사람을 미안하게 하누.

차는 기다리고 기다리다 지쳐 단념할 때쯤 되면, 아니 단념하고 있으면 그때 온다.

그래서 사람들은 기다림의 미련을 못 버린다.

그러다 죽는다. 그러면 얼마나 억울할까?

자오시

미련을 버리고 그 시간을 내가 쓰면 그 시간은 내 것이 되지만, 그 때 차가 오면 그 차는 못 타게 되는 것이다.

인생에서 기회는 기다리던 차와 같다.

열심히 준비하고 기다리면 아니 오고, 어쩌다 한 눈 팔면 그때 휘익 하고 지나가는 것이 기회이다.

다시 또 버스를 기다려야 하는데, 이번엔 길 건너 절에 관심이 간다. 단지 길 건너 있을 뿐, 협천묘의 부속건물인 모양이다.

옆면 벽에는 협천묘 성조전(聖祖殿) 부인전(夫人殿) 진좌대전(晉座大典)이라 쓰여 있는 플랭카드가 걸려 있고, 그 밑에 세계관제문화풍정촬영전(世界關帝文化風情攝影展)이라 쓰여 있는 걸 보면, 관우와 관련된 사당임에 틀림없다.

협천묘 성조전

관우 사당을 보다가 또 놓칠라!

길 건너이기 때문에 버스가 와도 아까처럼 보이지 않는 곳에 있는 것이 아니라서 놓칠 리는 없지만, 불안해하는 주내

39. 기다림의 미련을 못 버리는 이유

기륭

때문에 버스 정류장으로 가서 의자에 다소곳이 앉아 땀을 식힌다.

결국 진짜 9시 40분 버스를 탄다. 다시 기다리고 기다린 끝에.

이 버스는 지룽(基隆 기륭)으로 간다.

얼마 안 가 터널로 들어가는데 터널이 왜 이리 길은가! 와~, 정말 길다.

옆을 봐도 터널, 앞을 봐도 터널. 혹시 이 터널이 기륭까지 뚫려있는 걸까?

시원한 에어컨 바람 쐬며 바깥 구경 좀 하려 했더니 영 꽝이다.

한 10분 달렸는가, 이제 굴 밖으로 나왔다.

경치가 끝내준다. 여하튼 대만의 산은 좋다.

자오시

근데 2분도 안 돼 또 굴이다.

좌우 산들이 높고 수려하다. 그런 산들을 지나려니 터널이 많을 수밖에 없는 것이다.

여하튼 굴만 나오면 경치가 좋다.

근디, 이제는 산이 아니다. 도시 풍경이다.

드디어 지룽에 도착했다. 11시다.

내리니 바로 기륭의 항구이다.

다시 호텔을 찾아간다.

가면서 기륭 기차역 쪽을 보니, 영어로 Keelung이라는 글자가 산허리에 걸려 있다. LA의 헐리우드를 흉내 낸 짝퉁이다.

그렇지만 기륭에 확실히 도착했음을 증명해주는 것이기도 하다.

이를 보면 짝퉁도 나름대로 기능이 있는 것이다.

39. 기다림의 미련을 못 버리는 이유

40. 황금을 보기를 돌 같이 하라!

2018년 5월 13일(일)

호텔에 짐을 맡겨놓고 지우편 가는 길을 묻는다.

스타벅스 앞에서 788번 버스를 타고 지우펀(九份 구빈)으로 간다.

시내를 지나는 길은 좁고 건물들은 허름하다. 대만이 우리보다 잘 살았는데, 언제 우리보다 뒤떨어졌는지?

가파른 오르막 계단길

이제 시내를 빠져나가 가파른 산위로 오른다. 역시 길은 좁고 구불구불한데, 이 큰 버스가 용케도 잘 빠져 나간다.

인터넷으로 맛집을 찾으니, 지우펀 경찰서에서 내려 5분 정도 가면 아리주방(阿里廚房)이 있다고 나온다. 평점이 4.8/5

이어서 무조건 이 집에서 먹어야 한다.

5분이 아니라 한 10분쯤 등산을 한 거 같다. 좁고 가파른 오르막 계단 길을 땀 흘리며 오른다.

닭볶음채소(350元), 새우 볶음밥(150元), 파인애플맥주(60元)를 먹는다.

맛은 거부감이 없고 괜찮다.

창밖으로는 산등성이 너머로 판쟈오 치우자얀 공원(番仔澳 酋長岩 公園 번자오 추장암 공원)이 있는 산과 바다가 펼쳐져 있고 저 멀리 섬이 보인다.

내려다보는 경치가 그만이다.

마치 리오 데 자네이로의 해안과 우뚝 솟은 바위의 축소판을 보는

지우펀에서 내려다 본 전경

40. 황금을 보기를 돌 같이 하라!

지우펀의 무덤들

듯하다.

한편 오른쪽 산위로는 묘지가 모여 있다. 마치 살아 있는 사람들이 사는 집과 비슷하게 만들어져 있다.

땀 흘리고 등산한 보람이 있다.

다시 지우펀으로 나오는 거리는 양편에 시장이 서 있는 지우펀노가(九份老街 구빈노가)이다.

기념품점도 있지만, 주로 먹을 것들을 많이 판다.

웬 사람이 그리 많은지, 오늘이 일요일이라 더한 모양이다.

홍등이 걸려 있는 노가도 볼 만하지만 고불고불 산길을 오르락내리락 달려가는 대형버스들이 아슬아슬하게 교차해나가는 운전기술에 탄복을 금할 수 없다. 신기에 가깝다.

지우펀 노가

노가 밖으로 나오니 전망대가 있다.

전망대에 오르니 바다 전망이 좋다. 바람도 에어컨 바람이다.

지우펀 노가를 관광하거나 그 안에서 식당을 찾으려면, 우리처럼 지우펀 경찰서 앞에서 내리지 말고 지우펀 노가 앞에서 내리는 것이 훨씬 낫다.

아리식당을 찾는 것도 지우펀 노가에서 내려 걷는 것이 훨씬 편하다. 이 거리는 비교적 평탄하기 때문이다.

이걸 모르고 인터넷에 소개한 대로 그 가파른 계단 길을 걸어서 올라갔으니……. 다리가 불쌍하다.

다리를 훈련시키고 싶으신 분들은 지우펀 경찰서 앞에서 내려 가파른 계단을 오르시라.

40. 황금을 보기를 돌 같이 하라!

그렇지 않으신 분들은 지우펀 노가에서 내려 시장 구경을 하면서 가다가 계단을 만나면 거기서 조금만 오르면 된다.

이런 좋은 정보를 미리 알았다면 다리가 덜 아팠을 텐데…….

전망대에서 내려와 음양해(陰陽海) 가는 버스를 탄다.

이 버스는 산을 넘어 황금박물관과 황금폭포를 지나 바닷가로 나가는 버스이다.

음양해로 가는 도중 창밖으로 황금폭포를 만난다. 말 그대로 황금색 폭포이다.

큰 폭포는 아니지만 볼 만하긴 하다.

음양해에서 내려 바다로 간다.

바다에 가까이 가 보니 왜 음양해라 하는지 알 수 있다.

황금폭포

눈에 보이는 바다의 반은 황금색이고, 그 다음부터 나머지 바다는 푸른색이다.

거 참 신기하다.

한편 음양해로 흘러들어가는 냇물은 바위와 자갈 등이 모두 황금색으로 빛난다.

그리고 음양해 오른쪽의 등대 뒤 바위섬도 멋있다.

시간이 있다면 저곳에도 가보고 싶지만, 욕망을 억누른다. 무릇 성인이란 자신의 욕망을 통어할 수 있어야 하느니…….

뒤돌아 폐광 건물을 배경으로 하는 뒷산을 찍는다.

저곳이 한 때는 아시아 최대의 황금을 생산한 곳이라지만, 이제 폐허로 남아 있다.

음양해

40. 황금을 보기를 돌 같이 하라!

음양해로 흘러들어가는 냇물

저 폐광처럼 사람도 한 때는 있다. 그러나 늙으면 별 볼 일 없는 추레한 모습으로…….

그런데 왜 박근혜 양이 떠오르는 거지?

사람도 물론 한 때는 있지만, 그럴 때일수록 늙어서 추해지지 않는 삶을 살아야 할 것이다.

다시 버스를 타고 진과스(金瓜石 금과석)에서 내려 황금박물관으로 간다.

입장료는 80원인데 이지카드를 받는다.

일제시대 때의 금광을 가지고 만든 박물관이라는데……, 별로 볼거리는 없다. 적어도 나에게는.

정식 명칭이 신베이시립황금박물관(新北市立博物館 신북시립박물관)이니, 시에서 운영하는 박물관임에 틀림없는데, 입장료를 80元 받고도 그 안에서 도금체험(100元)이나 갱도 체험(50元)을 해보려면 또 돈을 받는다.

옛날 광부들이 살던 다다미 방 등을 구경하고 황금관으로 간다.

여기에는 금으로 만든 공예품들과 사진 등을 전시해 놓았다.

여기에서 그나마 유명한 것은 기네스 세계 기록에 오른 220.3kg에 달하는 세계에서 제일 큰 황금덩어리이다.

사람들은 줄지어서 금괴에 손을 얹고 감격하여 사진을 찍는다.

본디 "황금을 보기를 돌같이 하라!"는 최영 장군의 가르침을 몸소 실천해오던 터라, 내 눈엔 돌덩어리를 보는 거나 별 다름이 없다.

이 이외에도 전시관이 여러 개 있고, 일본식 정원을 갖춘 숙소, 일본

폐광

40. 황금을 보기를 돌 같이 하라!

황금박물관: 금 개미

신사(神社), 히로히토 일본 태자를 위해 지었다는, 그렇지만 한 번도 여기에 머문 적이 없다는 태자빈관, 금광을 채굴하던 기계와 선로, 그리고 옛 기차역 등이 있으나, 글쎄 내 눈엔 별로 신기하지 않다.

또한 책에는 여기에서 파는 '광부도시락'(290元: 약 11,000원)이 맛있고, 이 도시락을 먹은 후 철제 도시락은 기념품으로 가지고 갈 수 있다고 소개되어 있지만, 지우펀에서 잘 먹었으니 그냥 통과!

밖은 30도가 넘는 날씨이다.

어찌되었든 내 주관이지만, 황금박물관의 황금이라는 말에 혹해 가지구 여길 관광할 필요는 없겠다 싶다.

오히려 황금폭포와 음양해를 공짜로 보는 것이 훨씬 낫다.

황금박물관: 일본집 숙소

다시 진과스에서 버스를 타고 시내를 거쳐 호텔로 돌아온다.

호텔에서 일단 샤워를 한 다음 야시장을 구경하면서 찹쌀로 찐 약밥과 전 등을 사서 먹는다.

이때가 제일 즐겁다.

40. 황금을 보기를 돌 같이 하라!

41. 원조든 짝퉁이든 신기하긴 신기하다.

2018년 5월 14일(월)

아침 일찍 예류(野柳 야류)를 다녀오기로 한다. 그나마 덜 더울 때.

7시 맥도날도에서 아침을 먹는다.

카드를 안 받는다. 현금만 내란다.

대만에선 현금이 많이 쓰인다. 아직 신용사회가 덜 된 것이다.

교통은 잘 발달되어 있으나 인도 차도가 제대로 안 지켜진다. 버스 서는 곳이나 인도에 차를 마음대로 세운다.

790번 버스를 기륭 기차역에서 타고 예류로 간다. 참고로 862번도 예류로 간다.

예류

지룽 / 지우펀 / 야류 / 상비암

요거 타는 데도 애 먹었다.

바닷가의 정류장이 아니라 길 건너 스카이 브리지 쪽에 있는 정류장에서 타야하기 때문이다.

버스는 시원하다. 에어컨이 잘 나온다.

예류에 도착하기 전 벌써 기암이 우릴 맞는다.

표는 끊을 필요가 없다. 그냥 입구에 이지카드를 대면 된다. 물론 이지카드가 없는 분은 매표소에서 표를 사야 한다.

예류: 여왕머리 2

얼마를 떼 갔는지도 모르지만 입장료보다는 적을 거라 믿고 들어간다.

숲이 우거진 길로 조금 가니, 오른쪽에 여왕머리 2와 공주머리라는 표지가 있다.

여기에도 원조 여왕 머리를 닮은 누런 바위가 있다.

이 여왕 머리 2는 짝퉁이라는, 진짜 자연산이 아

41. 원조든 짝퉁이든 신기하긴 신기하다.

니라 부러 만들어 놓은 짝퉁이라는 설이 있다.

여하튼 뭐, 원조든 짝퉁이든 신기한 바위다.

보고 느끼는 건 나니까 내가 그냥 감상하면 되는 거 아닌가?

조금 더 나아가면 전망대가 왼편에 있다.

올라가니 버섯바위, 촛대바위 등이 내려다보인다. 그 사이로 다니며 구경하는 사람들도 많다.

주내를 넣고 사진을 찍는다.

날씨는 무지

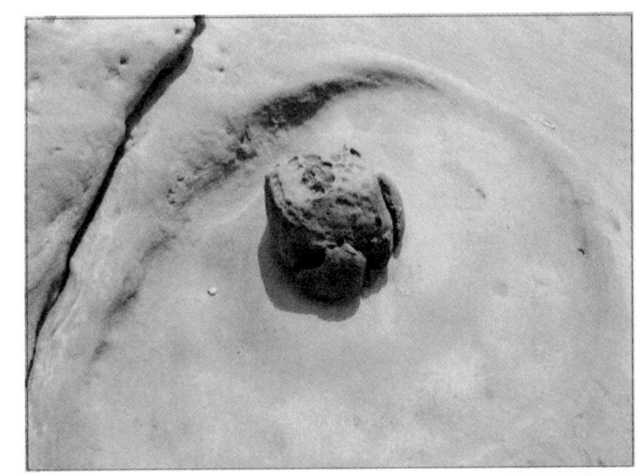

예류: 요상한 바위들

예류: 기이한 바위들

무지하게 덥다. 섭씨 32도란다.

기이한 돌들 사이로 다니면서 구경을 한다.

어떤 것은 마치 석회석에서 볼 수 있는 에그후라이처럼 둥글게 파진 원 위에 돌이 놓여 있기도 하고, 어떤 것은 희거나 누런 바위 위에 검은 색 돌들이 박혀 있기도 하다.

누런 바위 위에 파마머리인 듯한 모양에 목 부분은 가늘고 말쑥한 바위도 있고, 짜갈짜갈하게 벌집처럼

41. 원조든 짝퉁이든 신기하긴 신기하다.

예류: 여왕 머리를 알현하려고 기다리는 사람들

홈이 파진 넓적한 돌들이 누런 바위 위에서 폼을 잡기도 한다.

다시 길을 따라 가면 진짜 여왕 머리가 있는 지질공원이 나온다.

여왕 머리를 위시하여 여러 형태의 돌들이 신기하기만 하다.

비슷비슷한 돌들이지만 다 다르다.

여왕머리 앞에는 여왕 폐하를 알현하려고 줄을 서 있는데, 그 줄이 길기도 하다.

이 여왕 머리는 이집트 왕조에서 가장 아름다운 여인으로 알려진 네페르티티((Nefertiti) 왕비의 머리를 닮았다고 해서 붙여진 이름이다.

줄을 서 있다가 차례가 오면 여왕 머리하고 기념사진을 찍는다.

우린 남이 하는 것을 따라 하는 것을 좋아하지 않는 편이다. 가능하면 남이 안 하는 짓을 하고, 안 보는 것을 보고, 안 듣는 것을 듣는 것

예류: 여왕 머리

이 취미라면 취미이다. 남이 볼 때, 괴팍하다면 괴팍한 것이겠으나, 좋게 보면 우린 개성이 강한 것이다.

그러니 남들처럼 이 뜨거운 햇볕 아래 줄을 서서 기다리다 여왕 폐하를 배알하는 짓은 안 한다.

그래도 여기 왔으니, 여왕 머리는 사진으로 남겨두고, 아까 찍은 여왕머리 2와 비교 검토하여야 한다는 의무감 때문에 여왕 머리 사진을 근사하게 찍으려고 노력한다.

얼마 안 있으면, 그래도 좀 오래 가겠지만, 시간이 흐르면 이 여왕의 가냘픈 목이 부러져 더 이상 볼 수 없다고도 하니, 비교 검토는 안 하더라도 있을 때 사진으로 남겨 놓아야 한다.

41. 원조든 짝퉁이든 신기하긴 신기하다.

그런데 줄 서서 찍는 사람들이 좀처럼 틈을 내 주지 않는다.

앞에서 여왕머리와 사진을 찍은 사람이 나오고 그 다음 사람이 여왕 머리 옆으로 가기 직전에 사진을 근사한 각도에서 찰칵 찍어야 하는데, 기다리던 사람이 "이제 내 차례다."라는 듯이 얼마나 잽싸게 여왕 머리 옆으로 가는지 틈이 없다.

에이~ 우리 같은 사람도 찍을 틈은 줘야지!

예류: 기이한 바위들

예류: 기이한 바위들

물론 그냥 찍을 수는 있으나, 초상권 문제도 걸려 있고~ 하니, 찍어봐야 나 혼자 남의 사진을 볼 수 있을 뿐이지 배포하지는 못한다.

아~, 초상권 시비가 없었던 옛날이 그립다.

어찌되었든 미리 각도를 맞추고 여왕 머리 옆에서 폼을 잡는 사람이 나오기만을 기다렸다가 결국 여왕 머리 단독 사진을 찍는데 성공한다.

그리고는 이제 이곳저곳, 여기저기 돌아다니며 남들이 안 찍은 듯한 장면만을 골라 사진을 찍는다. 예컨대, 바닥에 구멍이 난 것, 여왕 머리처럼 날렵하진 않으나, 풍족한 여인네의 납작한 머리처럼 튀어나온 바위, 옹기종기 모여 있는 구멍 난 돌들, 그리고 슬리퍼 자국 같은 것이 돌에 패인 모양 따위를 찍는다.

41. 원조든 짝퉁이든 신기하긴 신기하다.

42. 용궁으로 가는 징검다리

2018년 5월 14일(월)

옆에 있는 매점으로 가서 망고 스무디를 사 먹는다. 값은 100元(약 4,000원)을 받는다.

망고 스무디를 먹으니 코끝이 찡하다.

조금 비싼 듯하나-여기 돈으로 따지면 당연히 비싼 음식이지- 코끝이 찡한 것은 비싸서 그런 것은 결코 아니다. 차가워서 그런 거다.

오해하지 마시라!

그늘에 주내를 앉혀 놓고, 휴게소 뒤편으로 나 있는 계단을 오른다. 혹시 무엇인가 더 볼 게 없나 해서.

예류: 새가 앉아 있는 듯한 바위

지룽 / 지우펀 / 야류 / 상비암

예류: 용궁으로 가는 징검다리

계단 쪽에는 뭐라 말할 수 없는 마치 어찌 보면 새가 앉아 뒤돌아보는 듯한 묘한 바위가 있다.

계단 위쪽에 새 관찰 지역(bird watching area)이라는 표지가 나타난다.

그러나 계단 맨 위에 올라가 봐도 새는 보이지 않고 풀만 우거져 있다.

절벽 위에서 바다 쪽을 내려다보니 마치 징검다리 모양의 바위 돌들이 바다 속으로 이어져 있다.

이걸 본 기념으로 '용궁으로 가는 징검다리'라는 이름을 부여한다.

길은 절벽 위에 저쪽 방송국인지 뭔지 안테나 있는 곳으로 죽 이어져 있으나 중간에 발길을 돌려 내려온다.

42. 용궁으로 가는 징검다리

11시가 조금 넘어선 시간이다.

이제 예류지질공원에서 나올 시간이다.

비지터 센터에서 지도를 얻어 보니, 예류지질공원 위쪽과 아래쪽으로도 볼 만한 것들이 꽤 있는 것 같다.

그래서 물어본다.

"외본산빈해풍경구(外本山濱海風景區)로 가는 버스가 있는가?"

"택시를 타고 가야 혀유~."

다시 지도를 보고

"그럼, 스먼구(石門區)의 부귀각등대(富貴角燈臺) 쪽으로 가는 버스는 있는가? 온다면, 언제 오는가?"

"1시간 간격으로 다니는 단수이 방면 버스인 T99번 버스를 타면 되

예류: 기이한 바위

예류: 기이한 바위

지유."

"워디서 타는디?"

"저쪽으로 가면 세븐-일레븐이 있으니 그 앞에서 타면 돼유."

시간을 보니 세븐-일레븐 앞으로 가서 12시 차를 타면 될 것 같다.

세븐-일레븐 앞에서 버스를 기다린다. 햇볕이 너무 따갑다. 무지무지하게 덥다.

에이~. 세븐-일레븐으로 들어가 시원한 음료수를 사 먹는다. 여긴 시원하다.

그런데, 12시는 아직 안 되었지만, 시골이니 먼저 왔다 먼저 가버리면 또 버스 놓치는 거 아냐?

이런 조바심 때문에 다시 나와 길 건너 정류장에서 버스를 기다린다.

42. 용궁으로 가는 징검다리

근디, 왜 이리 덥누?

한편, 예류지질공원 주차장 안에 T99 버스가 눈에 띈다. 가서 물어보니 이 버스는 단수이 행이 아니라 기륭 행 버스이다.

버스가 시원해 보인다.

생각이 바뀐다.

에이 더운데, 그냥 호텔로 가 점심을 먹자. 그리고는 호텔에 들어가 쉬다가 4시 반쯤 판자오공원(番仔澳公園 번자오공원)이 있는 심오갑각(深澳岬角), 곧 상비암풍경구(象鼻岩風景區)나 갔다 오자. 그리고 가능하면, 오는 길에 왕요우구(望幽谷 망유곡)와 화평도공원(和平島公園)이나 들리자.

마음을 바꾸고는 기륭으로 돌아가는 T99 버스를 탄다.

마음 바꾸기 잘 했다. 에어컨이 정말 시원하다.

예류: 하늘을 향한 손짓

요 버스는 기룽 역으로 가는 도중, 영어로는 Lovers Lake Park, 한자로는 정인호공원(情人湖公園)이라 표시되어 있는 곳으로 들어갔다 나온다.

물론 정인호공원에서 내려 구경하고 다시 버스가 올 때를 기다려 타고 나올 수는 있겠지만, 인터넷을 뒤져보니 이 공원은 그냥 애인끼리 손잡고 다니는 정도이지 크게 볼 만한 건 없는 거 같아 그냥 기룽 역까지 간다. 어쩌면 시원한 걸 즐기는 게 낫다 싶어 그냥 앉아 있었는지도 모르겠다.

기룽 역에서 영풍호텔로 간다.

호텔 냉장고에 넣어 놓은 수박을 꺼내어 먹고는 점심 먹을 곳을 물색한다.

프런트에 물으니 호텔에서 한 블록 가면 2층에 식당가가 있으니 그리 가보라고 권한다.

가보니 2층엔 정말 조그마한 식당들이 꽉 들어차 있다.

이걸 먹을까. 저걸 먹을까 기웃기웃하다가 일식 매점 앞에서 주내는 생선대가리 조림과 유부초밥을 시킨다. 330元(우리 돈 13,000원 정도)이다.

나는 그 옆집에서 해산물 볶음밥을 시킨다는 것이 나온 것을 보니 해산물이 든 울면 국물에 말은 듯한 밥이 한 접시 나온다. 값은 90元이다.

먹어보니 전혀 거부감이 없다. 잘 먹는다.

이제 호텔로 돌아가 기온이 떨어질 무렵에 나와 작정했던 대로 심오갑각(深澳岬角)으로 가면 된다.

버스는 아까 타고 온 T99번 버스를 기룽기차역에서 타면 될 것이다.

42. 용궁으로 가는 징검다리

43. 코끼리 바위, 강추!

2018년 5월 14일(월)

잠시 호텔에서 쉬며 사진을 정리하다보니 시간이 4시가 넘었다.

구글 맵으로 심오갑각(深澳岬角)으로 가는 교통편을 찾으니 호텔에서 한 블록 가서 1051번이나 791번 버스를 타면 된다고 나온다.

기륭 기차역으로 가서 T99번 타느니 가까운 데서 타는 게 낫다 싶어 역으로 향하던 발길을 돌린다.

건널목을 건너며 보니 1051번 버스가 지나가고 있다. 2분만 일찍 나왔어도 저 차를 타는 건데……. 아니, 처음부터 기차역으로 가지 않고 이쪽으로 왔으면 되는 건데…….

심오갑각: 추장암

정류장에서 기다리고 기다리며 버스 행선지표를 보니 30분~1시간 간격으로 버스가 온다고 쓰여 있다.

버스가 1051번, 799번 두 대이니 한 30분 기다리면 되겠다 싶었으나, 기다리고 기다려도 버스는 오지 않는다.

버스 정류장에서 거의 40여 분을 보내며 매연 속에서 다가오는 버스 번호만 살펴본다.

결국 45분 정도 지난 다음 791번 버스가 오는 게 아닌가.

올라타고 심오갑각으로 간다.

도착하니 6시가 다 되어간다.

걸어서 심오 항으로 간다.

심오 항까지 한 10분 걸으니 T99번 버스가 돌아 나온다. T99번 버스는 이 안에까지 들어오는데 그걸 몰랐으니 791번 버스를 탔지~. 그렇지만 T99번 버스 역시 한 시간 간격이다.

여하튼 코끼리 바위 쪽으로 간다고 간 것이 심오 항 마을 쪽이다. 항구를 지나 마을 안으로 들어가니 왼쪽으로 가면 천복궁(天福宮) 가는 길 표시가 나온다.

길 표시를 무시하고 오른쪽 길을 따라 부둣가로 가다가 지우펀에서 내려다 본 불뚝 솟은 산 쪽으로 방향을 잡는다. 저곳이 상비암일 거라는 생각으로.

왼쪽 편에 관공서 건물이 보이는 곳에서 산 쪽으로 오른다.

우뚝 솟은 산이 마치 사람 얼굴 같다. 누런 바위 절벽에 눈과 코 모습이 보이고 머리 부분은 나무로 덮여 있는 게 머리카락 같다.

나중에 구글 지도를 보니 치우장안(酋長岩 추장암)이다.

43. 코끼리 바위, 강추!

추장암: 바위와 아이

추장암: 기암

아! 그래서 이곳을 판쟈오 치우자얀 공원(番仔澳 酋長岩 公園 번자오 추장암 공원)이라고 했구나.

바닷가에는 주상절리의 한 부분만 붙어 있는 커다란 돌이 떨어져 있고, 그곳을 어린아이가 만져 보고 있다.

제 딴에도 신기한 모양이다.

오른쪽으로는 절벽으로 된 샛누런 바위와 함께 그곳에서 떨어진 기암들이 바다에 널려 있다.

이 돌들도 볼 만하다.

왼쪽 바다 너머로는 코앞의 낚시 섬을 넘어 저쪽 왕요우구(望幽谷 망유곡) 쪽으로 해가 지고 있다.

얼른 해넘이 사진을 한 장 찍는다.

추장암: 해넘이

43. 코끼리 바위, 강추!

추장암: 기암

그러나 코끼리는 안 보인다.

추장암 저쪽으로 흰 바위산이 보이고 그 위에 사람이 조그맣게 보이는데, 아마도 저쪽이 코끼리 바위인 모양이다.

여기에서는 가는 길이 없다.

다시 돌아 나와 부둣가에서 등대있는 쪽으로 난 길을 따라 가야 하는 모양이다.

해가 완전히 넘어가기 전에 코끼리 바위를 봐야 하지 않겠나?

발걸음을 빨리 하여 등대 쪽으로 나아간다.

가다보니, 사람들이 계속 나온다.

그렇다, 이쪽이다! 확신을 가지고 사람들이 나오는 쪽으로 나아간다.

아까 본 산 뒤쪽 길을 따라 가다 보니 바닷가에 벌집 모양의 머리를 인 동글동글한 돌들이 좌악 깔려 있는 해변이 나온다.

버섯바위 같은 기암들이 바다에 널려 있고 계속 가다보니 많은 사람들이 내려온다. 해가 지니 이제 돌아가는 모양이다.

약간의 언덕을 오르니. 기암들과 바다가 나타난다.

다시 오른쪽으로 조금 올라가니 저쪽 편에 사람들이 많이 있다. 그

상비암: 기암

상비암: 코끼리 바위

43. 코끼리 바위, 강추!

쪽으로 가보니 거대한 코끼리가 코를 물에 박고 있는 모습이 뚜렷하게 나타난다. 상비암(象鼻岩)이다.

여기가 진짜다!

코끼리 등 위에서 어떤 처녀 하나가 한쪽 발을 들고 손을 하늘로 모은 채 한껏 폼을 잡는다. 이쪽에서 어떤 청년 하나가 그것을 찍는다.

코끼리 바위 위로 오르려면 용기가 필요하다. 약간 가파르기도 하려니와 만약 미끄러지면 다칠 것이다.

주내의 염려 덕분에 처음엔 오르지 못한다.

그렇지만 오르고 싶은 마음은 굴뚝같다. 조심조심 올라가 보니 그렇게 어렵지 않다.

괜히 쫄았네!

상비암: 기암

지룽 / 지우펀 / 야류 / 상비암

상비암: 기암

허긴 여기 올라온 사람들이 이리 많은데.

코끼리 바위의 코끼리 머리 쪽으로 간다.

전망이 시원하다.

해는 서쪽 하늘을 붉게 물들이며 내려가고 있다. 다시 코끼리 바위를 조심조심 내려와 또 한 장의 해넘이 사진을 찍는다.

이곳은 한마디로 예류 지질공원 못지않은 곳이다. 말이 필요 없다. 게다가 돈도 안 받는다!

와서 보시라! 강추!

이제 내려가야 할 시간이다.

내려오면서 보니 지우펀의 산등성이에 불이 들어오기 시작한다.

아무리 봐도 신기하다. 어찌 저 가파른 산등성이에 저런 마을이 들어섰을까?

물론 저 산 너머 금광이 흥청거릴 때, 그곳에서 일하는 사람들 때문에 마을이 형성되었을 것으로 짐작이 되긴 하지만.

벌써 컴컴하다.

버스 정류장에 도달하니 이제 완전 깜깜하다.

편의점 앞에서 기륭으로 돌아가는 버스를 기다리는데, 택시를 모는 어떤 아주머니 기사가 와서는 버스가 끊겼다며 택시를 타라고 한다. 300元 달라더니 200元으로 내려간다.

여기 오기 전에 기륭의 버스 정류장에서 본 시간표에는 12시까지 버스를 운행한다고 되어 있었으니 이 아줌마 말은 영업용 거짓말임에 틀림없다.

버스를 타고 가면 돈이 훨씬 절약된다.

상비암: 기암

상비암에서 본 지우펀

물론 이 아줌마에게 보시를 하는 것도 나쁘지는 않지만, 우리 주머니도 생각해야 한다.

우리가 꿈쩍하지도 않자 젊은 커플에게 가서 흥정을 하는 모양이다.

젊은 애들이 택시를 타고 떠난다.

젊은 애들은 돈 아까운 걸 모르는 것인지, 아니면 우리보다 자비심이 많은 것인지, 아니면 너무 순진해서 기사 아줌마의 거짓말에 속아서인지는 모르겠으나, 결단력 하나만큼은 존경할 만하다.

조금 기다리니 버스가 온다. 우리는 버스를 타고 호텔로 돌아온다.

비록 망유곡과 화평도공원엘 가보지는 못했으나, 추장암과 상비암에서 좋은 걸 많이 봤으니 이걸로 충분히 만족한다.

오늘은 정말 뿌듯한 날이다.

43. 코끼리 바위, 강추!

44. 머리보다는 셀폰을 믿는 편이 낫다.

2018년 5월 15일(화)

아침 일찍 일어나 세수를 하고, 산책을 나선다. 기룽에서 볼거리는 많은데, 다 보지 못하고 예류지질공원과 심오갑각(深澳岬角)의 코끼리 바위만 보고 떠나려니 섭섭하다.

지도 등 얻은 자료를 들여다보니 호텔에서 가까운 곳에 중정공원(中正公園)이 있다. 옳지, 여기나 보고 오자.

주내에게 8시까지 돌아오겠다고 이야기해놓고 호텔을 나선다. 아침이라 그렇게 덥지는 않다.

그런데, 중정공원은 산 위에 있다.

중정공원 오르는 문

중정공원

오르는 계단이 가파르다. 아침부터 등산이다.

계단 위에는 또 다른 계단이 있고 그 위에 충렬사 건물이 보인다.

옆으로 난 길을 따라 빙빙 돌아가며 산 정상에 이르니 중정공원 건물이 보인다.

크기도 크게 정말 크게 지어 놓았다만, 크게 볼 것은 없다.

벌써 땀에 흠뻑 젖었다.

여기엔 타이완 5대 불상 중의 하나인 22.5m의 백색 관음상이 있다던데 찾아 봐도 없다.

내려오려다 저쪽 편 또 다른 산봉우리를 보니 동상이 보인다. 아마 저것이 그 관음상인가 보다.

그렇지만 저기까지 가기에는 너무 먼 당신이다.

44. 머리보다는 셀폰을 믿는 편이 낫다.

땀을 흘렸고 다리도 아프니 이제 돌아가자.

돌아가는 길은 아까 보지 않은 충렬사로 길을 잡고 내려간다. 충렬사 안에는 국민혁명열사 위패가 모셔져 있을 뿐이다.

밑으로 내려오니 옆에 불광산 극락사라는 큰 절이 있어 잠시 들른다.

사람들은 일찌감치 나와 모여서 태극권을 하고 있다.

그리고 호텔로 돌아오는 도중 먀오커우(廟口 묘구) 야시장을 지나면서 지난밤에 언뜻 보았던 야시장 안의 전제궁(奠濟宮)이라는 사당을 둘러본다.

진제궁은 개장성왕(開漳聖王) 진원광(陳元光)을 모신 사당이다.

진원광은 당나라 때 장군으로 장주자사(漳州刺史)를 지낸 인물이다. 이 분이 어떤 일을 했는지 알아보니, 그 아버지 진정(陳政)과 함께 민(閔)

불광산 극락사

전제궁: 개장성왕 진원광

(현재의 복건성 지역)에 들어가서 장주(漳州)를 처음 개척한 사람이라고 한다.

이 절은 진원광 씨 이외에도 옥황상제, 천상성모, 관성제군(關聖帝君), 문창제군(文昌帝君) 등을 모신 도교 사당이다.

이 사당 건물 앞에는 말을 탄 동상이 위엄 있게 이쪽을 노려보고 있는데, 이 양반이 아마도 진원광 씨 아닌가 싶다.

이 묘(廟)가 입구에 있기에 이 야시장 이름이 묘구 야시장이다.

호텔에 오니 8시가 채 안 되었다.

흘린 땀에 젖은 옷을 벗고 샤워를 하니 시원하다.

라면을 먹는다.

10시 20분 체크아웃 한 후 타이베이로 가는 열차를 타러 산껭(山坑

산껭 역

산갱) 역으로 간다.

10 분 정도 걸으니 산껭 역이다.

정말 어제 묵은 영풍호텔(永豐旅店 영풍여점)이 위치는 좋다.

기룽 역에서 8분, 산껭 역에서 10분 거리에 있고, 바로 2분 거리에 묘구(廟口) 야시장이 있고, 맥도날드와 세븐-일레븐이 있으며, 주변엔 상가들이 밀집되어 있으니 참으로 편리한 위치에 있다.

비록 골목길로 들어서는 상가 한 귀퉁이 이층에 있어 찾아내기가 아주 쉽지는 않지만, 그리고 방이 조금 좁긴 하지만, 가격에 비하면 좋은 호텔이다.

10시 42분 기차를 탄다.

30여 분, 벌써 타이베이 역이다.

타이베이

별로 멀지 않네!

타이베이 역에서 내려 락카를 찾는다.

세 시간에 30元이라고 쓰여 있으니 아홉 시간이면 90元이다.

그런데 짐을 넣고 30元을 넣으니 락카가 잠겨버리며 영수증을 토해 낸다.

아니 그럼 지금이 11시 25분이니 2시 25분 전에 서 다시 돈을 넣어야 하나?

일단 락카 담당자에게 물어봐야겠다.

그러나 누가 이 락카를 누가 담당하는지 찾기가 난감하다.

담당자가 누구냐고 크게 외칠 수도 없고…….

이럴 땐 "무엇을 도와드릴까요?"에 앉아 있는 직원에게 물으면 해답을 줄 것이다.

그러나 역이 워낙 넓고 지하층과 지상층이 있어 이들을 찾기도 쉽지 않다.

락카 영수증

44. 머리보다는 셀폰을 믿는 편이 낫다.

간신히 찾아 물어보니, 자기들 락카가 아니라며,

"저쪽에 가 보슈."

시키는 대로 가서 물어보니, 역시 자기네 락카가 아니라며,

"30元만 넣으면 돼유. 나중에 초과 시간만큼 돈을 더 넣으면 되거든유."

"확실한가유?"

"야, 전부 그렇게 되어 있으니 안심해두 되어유. 그리구, 락카 잠글 때 나온 영수증 종이 잃어버리면 안 돼유. 거기에 비밀번호가 있으니께 그거 잘 보관하셔유~."

아까 락카 잠글 때 나온 영수증을 보니 정말이다. 영수증엔 문을 열 수 있는 비밀번호가 찍혀 있다. 그냥 영수증이라고 버릴 뻔 했다. 정말 큰일 날 뻔 했다.

그러니 이걸 잊어버리면 안 된다. 일단 사진을 찍어둔다. 잃어버릴 것을 대비하여.

이럴 땐 참 머리도 잘 돌아간다.

한편 타이베이 기차역이 워낙 넓은데다 여기 저기 락카도 많으니, 나중에 제대로 잘 찾아올지 모르겠다.

타이베이역의 동서남북 어느 지역인지라도 표시해 놓으면 나중에 찾아오기가 쉬울 텐데…….

전혀 그렇지 않으니, 요것두 잘 기억해 두어야 한다. 아무래도 머리보다는 셀폰을 믿는 편이 낫다.

셀폰으로 주요 지형지물을 골라 사진을 찍어둔다.

참 주도면밀하다.

옛날 국어시간에 배운 '주도면밀하다.'라는 말은 이럴 때 쓰는 말이다.

명심하시라. 셀폰에 중요한 것을 사진으로 찍어 백업해 놓는 것은 이제 여행의 ABC가 되었다는 사실을!

이제 짐으로부터 해방이다.

44. 머리보다는 셀폰을 믿는 편이 낫다.

45. 알기는 어렵고, 행하기는 쉽다?

2018년 5월 15일(화)

유명한 맛집이라는 딘타이펑(鼎泰豐 정태풍)으로 간다. 책에 나와 있는 대로 단타이펑을 길가는 중국인에게 묻자, 단타이펑이 아니고 딘타이펑이라며 발음을 교정해준다. 책이 잘못되어 있다.

구글앱이 있긴 하나 제대로 업데이트되지 않아 정보가 부족하고 부정확한 경우가 더러 있다.

이번 경우도 그렇다.

M5로 나가 22번 버스를 타면 15분 걸리고 걷는 거리는 없다고 되어 있고, 전철을 타면 20분 걸리며 내려서 1분을 걸어야 한다고 되어 있으니, 버스를 타려고 방향을 가늠하여 길을 건너 정류장에서 기다렸으나, 22번 버스는 서지 않고 그냥 지나가는 것이었다.

옆의 정류장으로 가서 물어보나 별 소득이 없다.

날씨는 무지무지 덥고 땀은 흐르는데 이 무슨 고생인가 싶다.

22번 버스가 또 나타나는 걸 보니 그 동안 15분이 흐른 것이다. 역시 여기에도 안 서고 저쪽으로 가는 게 아닌가!

도대체 어디 선단 말인가?

이제 지쳐 짜증이 난다.

그냥 전철 탑시다.

전철역으로 들어가니 우선 시원해서 좋다.

그리 어렵지 않게 딘타이펑 본점을 찾아간다.

지하철에서 나와 바로 코앞이다. 무슨 1분 거리라고!

딘타이펑: 대만 잡채

기다리는 사람들 줄이 벌써 길게 늘어 서 있어 금방 찾을 수 있다.

들어가니 척 알아보고 한글로 써 놓은 메뉴를 가져다준다. 음식을 시킨다.

조그만 만두인 샤오롱파오, 매큼한 오이 무침, 대만 잡채, 채소볶음밥, 그리고 작은 병맥주 한 병을 시킨다.

이곳 직원은 친절하고 음식은 거부감이 없다. 그렇지만, 감탄할 만큼 맛있는 건 아니다. 절대 아니다.

샤오롱파오도 우리나라 물만두보다 맛이 덜하다. 시장에서 흔히 파는 졸깃졸깃한 감자만두만도 못하다.

이런 걸 가지고 과장도 심하다.

그 조그마한 만두를 껍질을 터뜨려서 나오는 즙부터 천천히 맛보고,

45. 알기는 어렵고, 행하기는 쉽다?

그 다음 어쩌구저쩌구 하면서 먹는 방법을 과대 포장해 놓으니 사람들은 그런가보다 해서 속는다.

에이, 이 판에 딘타이펑 옆에 한국만두 가게를 차려?

한편 대만 잡채는 처음 먹어보는 것이지만 그런대로 먹을 만하다.

문제는 딘타이펑의 음식값이 비싸다는 것이다.

요렇게 배불리 먹지도 안 먹지도 않은 것이 모두 800元(약 32,000원) 정도 나왔다.

먹긴 먹었고, 자, 이제 어디서 어떻게 시간을 보내나?

타이베이에서 가 볼 곳은 많으나, 30도가 넘는 불볕더위에 돌아다닐 생각이 나질 않는다.

호텔로 갈 거면 땀으로 목욕을 해도 괜찮겠으나, 공항에서 뱅기를 타야하니, 가능하면 땀 흘리지 않고 시간을 보내야 한다.

그래서 전철을 타고 국부기념관으로 간다. 쑨원(孫文 손문) 선생 기념관이다.

전철에서 내려 2, 3분 걸으니 기념관이다.

기념관 저편으로 대만이 자랑하는 한때 세계에서 제일 높던 101빌딩 건물이 보인다.

기념관 안으로 들어가니 흰 제복을 입은 군인들이 교대식을 하고 있다.

물론 사람들이 이를 구경하느라 사진기를 높이 들고 대기하고 있다.

기념관 중앙에는 중산(中山) 선생이 앉아 있는 동상이 있고, 그 앞에 군인 둘이 총검을 들고 열중쉬어 자세로 경비를 서고 있는데 이를 교대하는 식이 이루어지고 있는 것이다.

국부기념관: 보초 교대식

죽은 중산 앞에서 산 군인들이 엄숙하고 진지하게 병정놀이를 하는 것이다. 땀을 흘리면서.

이 무슨 희극이란 말인가!

저들이야 군인이니 명령대로 할 뿐이지만, 저런 놀이를 시키는 자는 누구란 말인가?

인간이란 존재는 생각할수록 참 희한하다.

한편으로는 평등과 존엄성을 부르짖으면서도 죽은 이의 동상 앞에서 살아있는 젊은이에게 저런 짓을 시켜야 할까?

물론 이유나 명분이야 있을 게다. 그렇게 해서 국부에 대한 존경심을 표현하고, 국민들의 애국심을 고취하며, 무엇보다도 관광객들을 끌어 모아 돈을 번다는!

45. 알기는 어렵고, 행하기는 쉽다?

국부기념관: 중산 동상 지킴이

그러나 내 보기에는 우스꽝스러운 연출일 뿐이다.

인생 희극의 한 단면이다.

이 기념관은 1층 가운데에 중산의 사진, 글씨 등 기념물을 전시하고 있다.

지난행이(知難行易)라는 중산의 글씨 앞에서 고개를 갸우뚱한다. "알기는 어렵고 행하기는 쉽다." 맞는 말 같기도 하고 틀린 말 같기도 해서다.

사람들은 흔히 "알기는 쉬우나 행하기는 어렵다."고 하지 않던가! 아니 "알기도 어렵지만, 행하기는 더 어렵다."고 하는 말이 맞을 것이다.

그런데 "알기는 어렵고, 행하기는 쉽다."니?

"아는 건 어렵지만 행하는 건 쉽다." 대단한 실천가 아니면 못할 소

중산이 쓴 글씨

45. 알기는 어렵고, 행하기는 쉽다?

국부기념관: 하기식

리이다. 아니면 학자들을 격려하려고 이런 말을 한 건가?

지하와 2, 3층 모두는 화랑 등 전시실로 쓰고 있다.

전시실을 돌면서 시원한 곳에서 그림과 글씨를 감상한다.

다리가 아프면 시원한 에어컨 밑에 앉아 있고, 그러다가 일어나 작품을 감상하면 된다. 느릿느릿.

그러다 보니. 5시가 다 되어간다.

어느 새 5시가 되어 하기식을 한다. 역시 흰 예복을 입은 병정들이 절도 있게 예식을 거행한다.

이것도 볼거리이다.

46. 높이만 높으면 뭘 하누?

2018년 5월 15일(화)

밖으로 나오니 101빌딩이 보인다.

대만에서 제일 높은 빌딩이다.

타이베이 국제금융센터로 쓰이는 타이베이 101빌딩은 지상 101층, 지하 5층으로 높이가 508미터인 세계에서 여덟 번째로 높은 건물이다.

참고로 세계 제일 높은 빌딩은 지상 163층의 아랍에미레이트의 부르즈 할리파(Byrj Khalifa)로서 828미터이고, 그 다음이 도쿄 스카이트리로서 634미터이다.

3위는 상하이 타워로서 632미터이고, 4위는 사우디아라비아의 아브라즈알 바이트 클라크 타워(Abraj Al-Bait Clock Tower)로서 601미터이며, 5위는 중국 선전 시의 핑안국제금융센터 600미터이며, 7위는 롯데월드 타워 555미터이고, 7위는 뉴욕의 세계무역센터 541미터이며, 8위는 중국 광주의 CTF금융센터 530미터이다.

한때는 세계에서 제일 높은 건물이었지만, 이제는 여덟 번째 건물이 되고 말았다.

앞으로 더 높은 빌딩이 들어서게 되면 그 순위가 더 떨어질 것이다.

원래 그런 것이다.

그래서 사람들은 종종 이야기한다.

“나도 왕년에는…….”

그렇지만 높이만 높으면 뭘 하누? 실속이 있어야지.

키 크다고 대통령 되는 거 아니잖아!

그러니 이런 거 가지고 자꾸 이야기할 필요는 없다.

이 물건은 8층씩 묶어 총 8단으로 이루어져 있어 마치 대나무 마디를 보는 것 같다.

중국인들이 워낙 8자를 좋아하니 그렇게 만든 것이라 한다.

8자를 왜 좋아하냐고?

8자의 발음이 발(發)/복(福)과 비슷하기 때문에 발전, 성장, 번영을 뜻하는 숫자라 생각하기 때문이란다.

이 발(發)이라는 글자는 우리말 '밝다'는 뜻의 '밝'

타이베이 101빌딩

에서 온 말이다. ‘볽’에서 ‘박, 복(福)’ 따위의 말들도 나왔다. 모두 좋은 뜻이다.

5층 매표소에서 500元을 내면 엘리베이터를 타고 91층 전망대까지 37초만에 올라간다는데, 글쎄 서울에서 롯데월드타워도 올라가 봤지만, 돈이 아깝지 않을까?

그리고 지가 아름다워 봐야 서울의 야경보다 아름다울까? 뭐 이런 생각에 과감히 생략한다.

그리곤 장개석 총통이 살았다는 스린관저(士林官邸 사림관저) 공원으로 가려고 101빌딩 옆에 있는 전철역으로 걷는데 어느 새 땀이 흥건하다.

전철을 탔으나 생각이 다시 바뀐다.

마암이 카톡으로 보내준 일식집 ㅁㅁㅁ을 찾아간다.

이 집은 으슥하고 컴컴한 곳에 위치해 있다.

ㅁㅁㅁ식당: 회덮밥

46. 높이만 높으면 뭘 하누?

들어가는 곳 밖에서 주문을 받는다. 더워죽겠는데…….

여하튼 이 집은 회덮밥으로 유명한 집이다.

그러나 회덮밥을 먹는 방법을 몰라 매실주 작은 병 하나를 시켜 회만 골라 먹으니 밥만 남는다.

그냥 술과 회만 시킬 걸 그랬다 싶다.

그리곤 여기서 나와 타이베이 역으로 간다.

아까 그렇게도 잘 기억해 놓았건만, 락카가 있는 곳이 어딘지 잘 모르겠다.

결국 셀폰에 찍어 놓은 시티홀 들어가는 사진을 보여주며 묻고 물어 무사히 가방을 꺼낸다.

그리곤 공항 가는 MRT를 탄다.

터미날 2가 종점이어서 내렸는데, 전광판을 아무리 살펴봐도 새벽 2시 50분 제주항공이 보이지 않는다.

카운터의 직원에게 물어보니 터미널 1로 가라며 친절하게 가는 길을 가르쳐 준다.

터미널 1으로 이동한 후, 이지카드에 남은 돈과 가지고 있는 돈을 다 털어 편의점에서 과자를 산다.

이것으로 돈 정리는 끝났다.

그리고 체크인하는 곳으로 가 의자에 앉아 존다.

비행기를 탄다.

즐거운 20일간의 대만 여행도 이제 끝이다.

〈끝〉

책 소개

* 여기 소개하는 책들은 **주문형 도서**(pod: publish on demand)이므로 시중 서점에는 없습니다. 교보문고나 부크크에 인터넷으로 주문하시면 4-5일 걸려 배송됩니다.

http//pubple.kyobobook.co.kr/ 참조.

http://www.bookk.co.kr/store/newCart 참조.

여행기(칼라판)

〈일본 여행기 1: 대마도, 규슈〉 별 거 없다데스! 부크크. 2020. 국판 202쪽. 14,600원.

〈일본 여행기 2:고베 교토 나라 오사카〉 별 거 있다데스! 부크크. 2020. 국판 180쪽. 13,700원.

〈타이완 일주기 1: 타이베이, 타이중, 아리산, 타이난, 가오슝〉 자연이 만든 보물 1. 부크크. 2020. 국판 208쪽. 14,900원.

〈타이완 일주기 2: 헝춘, 컨딩, 타이동, 화롄, 지룽,타이베이〉 자연이 만든 보물 2. 부크크. 2020. 국판 166쪽. 13,200원.

〈동남아시아 여행기: 태국 말레이시아〉 우좌! 우좌! 부크크. 2019. 국판 234쪽. 16,200원.

〈인도네시아 기행〉 신(神)들의 나라. 부크크. 2019. 국판 132쪽. 12,000원.

〈중앙아시아 여행기 1: 카자흐스탄, 키르기스스탄〉 천산이 품은 그림 1. 부크크. 2020. 국판 182쪽. 13,800원.

〈중앙아시아 여행기 2: 카자흐스탄, 키르기스스탄〉 천산이 품은 그림 2. 부크크. 2020. 국판 180쪽. 13,700원.

〈조지아, 아르메니아 여행기 1〉 코카사스의 보물을 찾아 1. 부크크. 2020. 국판 184쪽. 13,900원.

〈조지아, 아르메니아 여행기 2〉 코카사스의 보물을 찾아 2. 부크크. 2020. 국판 182쪽. 13,800원.

〈조지아, 아르메니아 여행기 3〉 코카사스의 보물을 찾아 3. 부크크. 2020. 국판 192쪽. 14,200원.

〈마다가스카르 여행기〉 왜 거꾸로 서 있니? 부크크. 2019. 국판 276쪽. 21,300원.

〈러시아 여행기 1부: 아시아〉 시베리아를 횡단하며. 부크크. 2019. 국판 296쪽. 24,300원.

〈러시아 여행기 2부: 모스크바 / 쌩 빼쩨르부르그〉 문화와 예술의 향기. 부크크. 2019. 국판 264쪽. 19,500원.

〈러시아 여행기 3부: 모스크바 / 모스크바 근교〉 동화 속의 아름다움을 꿈꾸며. 부크크. 2019. 국판 276쪽. 21.300원.

〈유럽 여행기: 동구 겨울 여행〉 집착이 삶의 무게라고. 부크크. 2019. 국판 300쪽. 24,900원.

〈북유럽 여행기: 스웨덴-노르웨이〉 세계에서 제일 아름다운 곳. 부크크. 2019. 국판 256쪽. 18,300원.

〈포르투갈 스페인 여행기〉 이제는 고생 끝. 하나님께서 짐을 벗겨주셨노라! 부크크. 2020. 국판 200쪽. 14,500원.

〈미국 여행기 1: 샌프란시스코, 라센, 옐로우스톤, 그랜드 캐년, 데스 밸리, 하와이〉 허! 참, 이상한 나라여! 부크크. 2020. 국판 328쪽. 27,700원.

〈미국 여행기 2: 캘리포니아, 네바다, 유타, 아리조나, 오레곤, 워싱턴〉 보면 볼수록 신기한 나라! 부크크. 2020. 국판 278쪽. 21,600원.

〈미국 여행기 3: 미국 동부, 남부. 중부, 캐나다 오타와 주〉 그리움을 찾아서. 부크크. 2020. 국판 288쪽. 23,100원.

〈멕시코 기행〉 마야를 찾아서. 부크크. 2020. 국판 298쪽. 24,600원.

〈페루 기행〉 잉카를 찾아서. 부크크. 2020. 국판 250쪽. 17,000원.

〈남미 여행기 1: 도미니카 콜롬비아 볼리비아 칠레〉 아름다운 여행. 부크크. 2020. 국판 262쪽. 19,200원.

〈남미 여행기 2: 아르헨티나 칠레 파타고니아〉 파타고니아와 이과수. 부크크. 국판 270쪽. 20.400원.

〈남미 여행기 3: 브라질 스페인 그리스〉 아름다운 여행. 부크크. 2020. 국판 262쪽. 17,700원.

여행기(흑백판)

〈중국 여행기 1: 북경, 장가계, 상해, 항주〉 크다고 기 죽어? 교보문고 퍼플. 2017. 국판 211쪽. 9,000원.

〈중국 여행기 2: 계림, 서안, 화산, 황산, 항주〉 신선이 살던 곳. 교보문고 퍼플. 2017. 국판 304쪽. 11,800원.

〈베트남 여행기〉 천하의 절경이로구나! 교보문고 퍼플. 2019. 국판 210쪽. 8,600원.

〈태국 여행기: 푸켓, 치앙마이, 치앙라이〉 깨달음은 상투의 길이에 비례한다. 교보문고 퍼플. 2018. 국판 202쪽. 10,000원.

〈동남아 여행기 1: 미얀마〉 벗으라면 벗겠어요. 교보문고 퍼플. 2018. 국판 302쪽. 11,800원.

〈동남아 여행기 2: 태국〉 이러다 성불하겠다. 교보문고 퍼플. 2018. 국판 212쪽. 9,000원.

〈동남아 여행기 3: 라오스, 싱가포르, 조호바루〉 도가니와 족발. 교보문고 퍼플. 2018. 국판 244쪽. 11,300원.

〈터키 여행기 1〉 허망을 일깨우고. 교보문고 퍼플. 2017. 국판 235쪽. 9,700원.

〈터키 여행기 2〉 잊혀버린 세월을 찾아서. 교보문고 퍼플. 2017. 국판 254쪽. 10,200원.

〈시리아 요르단 이집트 기행〉 사막을 경험하면 낙타 코가 된다. 부크크. 2019. 국판 268쪽. 14,600원.

〈유럽여행기 1: 서부 유럽 편〉 몇 개국 도셨어요? 교보문고 퍼플. 2017. 국판 217쪽. 10,400원.

〈유럽여행기 2: 북유럽 편〉 지나가는 것은 무엇이든 추억이 되는 거야 교보문고 퍼플. 2017. 국판 213쪽. 9,100원.

여행기(전자출판.)

〈일본 여행기 1: 대마도, 규슈〉 별 거 없다데스! 부크크. 2019. 전자출판. 2,000원.

〈일본 여행기 2: 오사카 교토, 나라〉 별 거 있다데스! 부크크. 2019. 전자출판. 2,000원.

〈중국 여행기 1: 북경, 장가계, 상해, 항주〉 크다고 기 죽어? 부크크. 2019. 전자출판. 2,000원.

〈중국 여행기 2: 계림, 서안, 화산, 황산, 항주〉 신선이 살던 곳. 부크크. 2019. 전자출판. 2,000원.

〈타이완 일주기 1〉 자연이 만든 보물 1. 부크크. 2019. 전자출판. 2,000원.

〈타이완 일주기 2〉 자연이 만든 보물 2. 부크크. 2019. 전자출판. 1,500원.

〈동남아 여행기 1: 미얀마〉 벗으라면 벗겠어요. 부크크. 2019. 전자출판. 2,000원.

〈동남아 여행기 2: 태국〉 이러다 성불하겠다. 부크크. 2019. 전자출판. 2,000원.

〈동남아 여행기 3: 라오스, 싱가포르, 조호바루〉 도가니와 족발. 부크크. 2019. 전자출판. 2,000원.

〈동남아 여행기 1: 수코타이, 파타야, 코타키나발루〉 우좌! 우좌! 부크크. 2019. 전자출판. 2,000원.

〈태국 여행기: 푸켓, 치앙마이, 치앙라이〉 깨달음은 상투의 길이에 비례한다. 부크크. 2019. 전자출판. 2,000원.

〈인도네시아 기행〉 신(神)들의 나라. 부크크. 2019. 전자출판. 2,000원.

〈중앙아시아 여행기 1: 카자흐스탄, 키르기스스탄〉 천산이 품은 그림 1. 부크크. 2019. 전자출판. 2,000원.

〈중앙아시아 여행기 2: 카자흐스탄, 키르기스스탄〉 천산이 품은 그림 2. 부크크. 2019. 전자출판. 2,000원.

〈조지아, 아르메니아 여행기 1〉 코카사스의 보물을 찾아 1. 부크크. 2019. 전자출판. 2,000원.

〈조지아, 아르메니아 여행기 2〉 코카사스의 보물을 찾아 2. 부크크. 2019. 전자출판. 2,000원.

〈조지아, 아르메니아 여행기 3〉 코카사스의 보물을 찾아 3. 부크크. 2019. 전자출판. 2,000원.

〈러시아 여행기 1부: 아시아 편〉 시베리아를 횡단하며. 부크크. 2019. 전자출판. 2,500원.

〈러시아 여행기 2부: 모스크바 / 쌩 빼쩨르부르그〉 문화와 예술의 향기. 부크크. 2019. 전자출판. 2,500원.

〈러시아 여행기 3부: 모스크바 / 모스크바 근교〉 동화 속의 아름다움을 꿈꾸며. 부크크. 2019. 전자출판. 2,500원.

〈북유럽 여행기: 스웨덴-노르웨이〉 세계에서 제일 아름다운 곳. 부크크. 2019. 전자출판. 2,500원.

〈유럽 여행기: 동구 겨울 여행〉 집착이 삶의 무게라고. 부크크. 2019. 전자출판. 3,000원.

〈터키 여행기 1〉 허망을 일깨우고. 부크크. 2019. 전자출판. 2,500원.

〈터키 여행기 2〉 잊혀버린 세월을 찾아서. 부크크. 2019. 전자출판. 2,500원.

〈시리아 요르단 이집트 기행〉 사막을 경험하면 낙타 코가 된다. 부크크. 2019. 전자출판. 2,500원.

〈마다가스카르 여행기〉 왜 거꾸로 서 있니? 부크크. 2019. 전자출판. 2,500원.

〈미국 여행기 1: 샌프란시스코, 라센, 옐로우스톤, 그랜드 캐년, 데스 밸리, 하와이〉 허! 참, 이상한 나라여! 부크크. 2020. 전자출판. 3,000원

〈미국 여행기 2: 캘리포니아, 네바다, 유타, 아리조나, 오레곤, 워싱턴〉 보면 볼수록 신기한 나라! 부크크. 2020. 전자출판. 2,500원.

〈미국 여행기 3: 미국 동부, 남부. 중부, 캐나다 오타와 주〉 그리움을 찾아서. 부크크. 2020. 전자출판. 2,500원.

〈멕시코 기행〉 마야를 찾아서. 부크크. 2020. 전자출판. 3,000원.

〈페루 기행〉 잉카를 찾아서. 부크크. 2020. 전자출판. 2,500원.

〈남미 여행기 1: 도미니카 콜롬비아 볼리비아 칠레〉 아름다운 여행. 부크크. 2020. 2,000원.

〈남미 여행기 2: 아르헨티나 칠레 파타고니아〉 파타고니아와 이과수. 부크크. 2020. 2,000원.

〈남미 여행기 3: 브라질 스페인 그리스〉 아름다운 여행. 부크크. 2020. 2,000원.

우리말 관련 사전 및 에세이

〈우리 뿌리말 사전: 말과 뜻의 가지치기〉. 재개정판. 교보문고 퍼플. 2020. 국배판 916쪽. 61,300원.

〈우리말의 뿌리를 찾아서 1〉 코리아는 호랑이의 나라. 교보문고 퍼플. 2016. 국판 240쪽. 11,400원.

〈우리말의 뿌리를 찾아서 1〉 코리아는 호랑이의 나라. e퍼플. 2019. 전자출판. 247쪽. 4,000원.

〈우리말의 뿌리를 찾아서 2〉 아내는 해와 같이 높은 사람. 교보문고 퍼플. 2016. 국판 234쪽. 11,100원.

〈우리말의 뿌리를 찾아서 3〉 안데스에도 가락국이……. 교보문고 퍼플. 2017. 국판 239쪽. 11,400원.

수필: 삶의 지혜 시리즈

〈삶의 지혜 1〉 근원(根源): 앎과 삶을 위한 에세이. 교보문고 퍼플. 2017. 국판 249쪽. 10,100원.

〈삶의 지혜 2〉 아름다운 세상, 추한 세상 어느 세상에 살고 싶은가요? 교보문고 퍼플. 2017. 국판 251쪽. 10,100원.

〈삶의 지혜 3〉 정치와 정책. 교보문고. 퍼플. 2018. 국판 296쪽. 11,500원.

〈삶의 지혜 4〉 미국의 문화, 교보문고 퍼플. 근간.

기타

4차 산업사회와 정부의 역할. 부크크. 2020. 국판 84쪽. 8,200원, 전자책 2,000원.

지은이 소개

- 송근원

- 대전 출생

- 여행을 좋아하며 우리말과 우리 민속에 남다른 애정을 가지고 있음.

- e-mail: gwsong51@gmail.com

- 저서: 세계 각국의 여행기와 수필 및 전문서적이 있음